當代華文女作家論

張雪媄／著

前　言

　　離上一本評論集《天地之女──二十世紀華文女作家心靈圖像》的出版，已經有八年了。那本書裡，我探索作家深層的自我形象，挖掘作家文字中凝結塑造的女性自我，研究對象包括冰心（1900-1999）、丁玲（1904-1986）、蕭紅（1911-1942）、張愛玲（1921-1995）、聶華苓（1925-　）、施叔青（1945-　）及李昂（1952-　）七位作家。在這本評論集裡，承繼同樣的態度，那就是忠於作者的文字表述、絕無預設立場、不歌功頌德、力求切入核心。我試圖瞭解每一位女作家的筆下世界，使她們的文字精髓彰顯出來。更具體地說，這裡評論的重點是：（1）探索這些作家文字深層最關注的，或者說不斷重複出現的主題是什麼？（2）找出為何出現這些主題？（3）追蹤作家從最初寫作到相對後期的寫作主軸，是否有改變？為什麼？

　　在這本《當代華文女作家論》裡，我的研究對象有胡品清（1921-2006）、陳若曦（1938-　）、季季（1945-　）、龍應台

（1952-　）、平路（1953-　）、蘇偉貞（1954-　）及陳燁（1959-
2012）。〈胡品清寫水晶球世界〉討論這位1962年來到臺灣的法國
莎崗型女詩人，她特立獨行的生存姿態。這裡申論，胡品清大半生
在文字中創造心靈花園，因為她明白宣言：寫作就是糾正原不該如
此的世界。而胡品清創作的主題就是愛情，而且是姐弟戀。〈歸：
陳若曦遍尋桃花源〉探索陳若曦以臺灣勞工階層背景的知識女性，
為何在1966年進入當時絕對異域的中國大陸？這裡申論，陳若曦從
少女陳秀美到作家陳若曦，她的自我畫像重複一種打抱不平、伸
張正義的知識份子精神，而她的創作主軸就是為弱勢鳴不平、為
無聲的人發聲。〈讀六〇年代的季季〉討論雲林才女李瑞月1964年
來到臺北，成為專業作家的早期生涯。19歲到26歲的季季，深受當
時臺北流行的現代主義和存在主義影響，創作主軸是愛與死，以
及虛無。〈凝視龍應台：野火到大江大海〉討論當代奇女子龍應
台，她從1985年的《野火集》到2009年《大江大海1949》的寫作主
軸和變化。這裡分析龍應台筆下1949國民黨流亡人潮的「文化精神
分裂症」。〈逃亡密碼：平路寫解構遊戲〉討論平路明確的寫作
態度：解構和遊戲。這裡申論，平路從1983年的〈玉米田之死〉到
2011年的《東方之東》，寫出一個奇特的主題，那就是逃亡。平路
寫逃亡，其實，她是寫自己。〈蘇偉貞寫藍灰色北京邊緣人〉討論
蘇偉貞筆下的流浪隊伍，1949年隨國民黨來到臺灣的軍人和眷屬。

這裡申論，蘇偉貞小說裡那個本身不能完整的男人，他不參與、不負責，以藍灰色孤獨行者姿態游走，成為她筆下的男性魅力。〈陳燁虛擬臺灣家族演義〉討論陳燁寫作的臺南府城世家傳奇。這裡申論，陳燁不是臺灣大河小說的傳人，而是拉美作家馬奎斯魔幻現實主義的接棒者，她寫的是《百年孤寂》式的臺灣家族傳奇。

在此感謝曾經直接或間接參與本書寫作及發表過程的同仁：國立中山大學中文系蔡振念教授收錄陳若曦一文於2007年出版的《臺灣近五十年現代小說論文集》，特此致謝。國立政治大學臺灣文學研究所范銘如教授和中央研究院文哲所彭小妍教授，分別就這裏陳若曦和陳燁兩篇提出過指正，深深感謝。國立成功大學中文系蘇偉貞教授讀了這裡的蘇偉貞一文，慷慨接納，特此致謝。國立成功大學文學院2011年主辦「成大文學家」會議，而有龍應台一文的催生，特此感謝賴俊雄院長。淡江大學法文系吳錫德教授惠賜《世界文學》龍應台書評指正，特此感謝。這幾年間，世新大學中文研究所吳蕙君同學和蕭怡君同學，擔任我的教學助理，協助找資料花了很多心力，謝謝她們。本書出版，特別感謝秀威資訊總經理宋政坤先生、編輯林泰宏先生和王奕文小姐鼎力協助。最後，我的爸爸老作家張放，一生勤奮讀書寫作不倦，我以此書獻給他，作為今生父女緣分的紀念。

2013年2月，臺北

當代華文女作家論
006

目　次

胡品清寫水晶球世界

胡品清（1921-2006）是一位獨特的文人、學者、教授。她1962年10月來到臺灣，一直到2006年過世臺北，不曾踏出臺灣土地一步。（胡子丹，2006：122）這44年間，按照詩人文曉村的統計，胡品清各類著作出版多達78種。（文曉村，2006：39）胡品清寫詩、寫散文、寫小說，同時也是翻譯大家、學者，更是文化大學法文所的創所教授、法文系系主任，她在臺灣文化界有自成一格的地位。

入境

胡品清不惑之年來到臺灣，已經經歷大半人生。她是抗戰時期女大學生，1942年浙江大學畢業，在南京任英語教員，接著先後擔任中央通訊社英文部編輯、法國大使館新聞處譯員、香港星島日報譯者、依朗駐中國大使館翻譯秘書等職。1949年在南京法國大使

館與法籍武官暨漢學家紀業馬（Jacques Guillermaz）結婚，後任星島日報巴黎特派員，隨即隨夫婿派駐泰國曼谷，1957年返法定居，在法國巴黎大學博士班研究現代文學。1961年胡品清中譯法代表作《中國古詩選》、《中國新詩選》於巴黎出版。接著應中國文化學院創辦人張其昀之邀由法國赴臺，籌辦法文系，1962年來臺。（胡品清，2008：303-304）

胡品清六〇年代才進入臺灣文壇，她和同輩的女作家們在創作內容和個人行事風格上顯著不同。張瑞芬教授論及胡品清，有如下的敘述：

> 這樣一位著作眾多的女性學者兼作家，在文學史上得到的地位竟是不明確的。主要是她加入文壇的時間稍晚，書簡、日記、手記式的女性文體又似乎與當時的文學主流扞格難入。
>
> （張瑞芬，2006：98）

陳芳明教授討論五〇年代以降臺灣的散文寫作，論及男性作家好寫「政治正確」的龐大敘述，強調時間意識，而女性作家則相對疏遠政治權力，偏重空間意識。（陳芳明，2003：297-298）對於這種現象，他提出：

究其原因，主要在於「賢妻良母」的角色決定了她們的書
寫方向。誠如婦女協會的出版刊物所說，女性面對的是每
天的家庭日常生活，面對的是工作與辦公。因此，寫出來
的作品必然不會脫離柴米油鹽與人間煙火。更具體而言，
賢妻良母並不具有繼往開來、承先啟後的歷史意義，而是
在瑣碎的生活細節中如何在地化。她們不再是書寫中國，
而是書寫臺灣。這種空間取代時間巧妙的轉換，構成了五
〇年代女性散文的重要風格。

（陳芳明，2003：299）

就此「賢妻良母」和「書寫臺灣」來看，胡品清與其年齡相
近的1949年前後大陸遷臺女作家，比方琦君（1917-2006）、徐鍾珮
（1917-2006）、林海音（1918-2001）、劉枋（1919-2007）、羅蘭
（1919-　）、張秀亞（1919-2001）、鍾梅音（1922-1984）、艾雯
（1923-2009）等，又是如此不同。胡品清既不「反共」也不「懷
鄉」，更不「家庭瑣碎」。張瑞芬特別提出：「她不曾寫過父親、
母親、手足或師友（這在同時代作家中簡直為不可能），海外生涯
與巴黎留學亦僅《不投郵的書簡》中〈賽納河畔的垂楊〉稍有勾
勒。」（張瑞芬，2006：101）

　　她寫什麼呢？胡品清的寫作，開宗明義就是「寫作就是要糾正原不該如此的世界。──胡品清」（林文義，2006：35）胡品清在1970年出版的《芒花球》中〈歲暮詩箋〉一文裡說：

> 　　這是歲尾，按照習俗是下決心的時辰，於是我也下了決心：做雙面人。一面對孩子，一面對大人。對大人我要活得勇敢、堅強、輕蔑、傲岸、蔑視一切甚至駭人聽聞，只是為了反抗。總之我要蔑視庸俗，固執超然。
> 　　對於小朋友們，我卻有另一面。我要真誠、親和、負責任。
>
> 　　　　　　　　　　　　　　　　　（胡品清，1970：188）

　　此「雙面人」自然首先令人想起魯迅的名言「橫眉冷對千夫指，俯首甘為孺子牛」。胡品清慣常提到把自己分為「大我」和「小我」，也就是說，自己的工作和私人領域清楚劃分為二，「大我」是教授，在講堂上做一個盡職的嚴師，「小我」則是她以文字建造的心靈花園。胡品清來到臺灣後，一直住在華岡宿舍，此小樓早期名為「藏音樓」，後名「香水樓」，（陳宛茜，2003）在這裡，她創作了許多絕對私我的美文。胡品清從1961年在《藍星詩季刊》上發表名為〈花房五題〉的詩開始，創作不斷，先是現代詩，

後來主要寫散文。在此小我的心靈花園裡，胡品清的創作始終一致的主題就是「愛情」，而且是堪稱前衛的「姊弟戀」。

誠如她1977年出版作品的書名《水晶球》，她寫的就是一個水晶球裡的夢幻和愛情。在〈玻璃世界〉一文裡，胡品清這樣說：

> 一定是因為我認識過太多的人，經驗過太多的事，從而覺得這個世界像一座龐大的古堡，有寬闊的護城河，有不透明的牆，有古木參天的深深庭院，裏面住著的男男女女都是那麼隱密，那麼千面。像我這樣透明得像玻璃的女人無法走入那座古堡。即使走進去了，堡中人也會對我作成直接或間接、有形或無形的傷害。於是，我愛上一切透明的小東西，一如我把自己的一本書命名為「水晶球」。
>
> （胡品清，1979a：22-23）

本文闡述胡品清如何以一個「永遠沒有位置」的女人身份，徜徉在她自造的水晶球中。這裡，她以文字塑造了永恆情人C. C.、W.、Joe，和天堂鳥歌者[1]，這些心靈契合的美少男。這個人，也可

---

[1] 張瑞芬對胡品清文中的「你」作了詳細整理：「又如〈天上人間〉、〈夕陽中的紅帆〉、〈一葉紅〉寫的同是年少時兩小無猜的TY；〈紅豆指

能是數人，總體上是一個偶像，是胡品清膜拜珍愛的情愛投射。她同時也為自己塑造了名為芭琪Patricia或歐菲麗亞Ophelia的自我形象。再往深一層探索，這裡還有一個波西米亞女郎，此「女浪人」形象，正是後來臺灣流浪文學作家三毛（1943-1991）的開路先導。

沒有位置的人

胡品清在〈塗葉小姐〉一文中一再重複：「而我本質上就是那種無法正名的女人，裏裏外外。」（胡品清，1986：167）這樣的結論，來自她對婚姻的失望。胡品清對自己的婚姻歷程並不隱瞞，她每每說到「指環斷了」，以及她「作貴婦人的日子」時期，必須應付那些外交官夫人參加的酒會：「那時，我客居在廟寺林立，鳳凰花似火的東方水市，以貴婦人之姿。在沒完沒了的雞尾酒會裏、在華筵上，男人總是談政治，女人老是話家常。我既不政治，又不

環〉、〈香檳泉的呢喃〉是印度旅居的筆友KC；〈深山書簡〉是山居摯友CC；〈夢穀呢喃〉、〈歲暮詩箋〉、〈斷片〉心心念念去了南方的Joe。〈不碎的雕像〉、〈不投郵的書簡〉、〈幕情〉是最為經典的戀人天堂鳥餐廳歌者。」。參見張瑞芬，〈詩與夢的水湄——論胡品清散文〉，《五十年來臺灣女性散文・評論篇》（臺北：麥田出版社，2006），頁100。

家常，於是深感自己在人間沒有位置」，（胡品清，1984：93）婚姻適應不良的胡品清，找到的救贖就是躲進文學世界，寫詩，保有靈性和個性，正如洪淑苓教授分析胡品清詩作所說：

> 在這些作品（〈仲夏夜之宴〉、〈晚餐〉、〈夢的船〉、〈芭琪的雕像〉）中胡品清透露了「女詩人」、「自我」的觀念與「妻子」的角色是衝突的，她所要求的「靈性和個性」這種特有的氣質人格，恰恰就是「妻子」必須放棄的。走上離婚之路，或可說是胡品清的自我意識之覺醒，決心擺脫婚姻對女性的束縛。
>
> （洪淑苓，2002：161）

　　細讀胡品清的行文和行事，她的「無法正名」、她的「沒有位置」，迫使她必須時時捍衛自己所選擇的生存狀態。她固守孤獨，她行止特異，她絕不在意他人的目光。早在1973年，傳記作家夏祖麗寫〈胡品清有堅強的一面〉時，就提到：「她不在乎別人的看法，也不在乎人為的習俗。她說，她是德國文學家歌德的信徒，因為歌德曾經說過：『人啊，當你們說及某事的時候，為什麼立刻宣稱這是愚蠢的，這是聰明的，這是惡的，這是善的？這一切話有什麼意義？你們有沒有發覺一個行為的內在情形？你們能正確地斷

定那行為為什麼被作成？為什麼必然地被作成嗎？』」（夏祖麗，
1973：106）胡品清自己也常提到這一段話：

> 在古今中外的名家裏，我最心儀哥德。不是因為他寫過
> 純情的「少年維特之煩惱」，不是因為他寫過主智的
> 「浮斯德」，而是由於他這句胸襟遼闊的話：「請勿譴
> 責酒徒，因為有什麼事情正在他腦子裏發生，你並不知
> 道。」
>
> （胡品清，1983：89）

　　胡品清一直有這樣奇特的悲憫，或者說，對人生境況的退一步
包容。她一再提出這句話，正因為她自己是一個需要包容的人。她
的單身狀態（或者說不再婚）、她的在室內戴墨鏡、她的「自律神
經失調」、她從不諱言自己的「怪異」、自己的與人不同、自己的
「找不到位置」。胡品清為自己塑像的最初原因就在於她是一個
「沒有位置」的女人。

為自己塑像：歐菲麗亞、陌生女子、波希米亞女郎

　　對自己的幼年生活，胡品清著墨最多的是祖母胡朱靜宜女士。

祖母是翰林之女，滿腹經綸，一心要把胡品清「塑造」成一個全才的「男孩子」。這其實符合當時潮流，但卻使小小的胡品清終生遺憾，她立志做一個「純女人」，像魚玄機那樣的女人。（胡品清，1967：5-6）她不斷重複，拒絕接納別人把她塑造成他們要的樣子，無論是祖母還是法國丈夫，她要做自己。在〈童話〉一文中，有這樣的敘述：

> 我一直沒有享有過自己，別人把我塑造成他們所喜愛的樣子。少小的時候，我被塑造成一個畏怯的，恭順的，好學的，穿男裝，蓄短髮的女孩，而我私心羨慕長長的辮子，圓圓的裙子，和多彩多姿的童話。後來，我有了自己的家，又被塑成一個沒有靈性和個性的女孩，我就自己把那塑像打破了，出來流浪。
>
> 為了找回那個有靈性和個性的自己。
>
> （胡品清，1979：67）

那麼胡品清的「我」究竟是什麼樣的女人呢？在〈寫給自己的信——之二〉裡說，「妳是另一種的古典悲劇——命定了終身追求一個幻影，既抓不住又揮不去的幻影。」（胡品清，1981：72）這個找不到人間位置、永恆的陌生女子，是個蘆葦型的女人，外

表纖細，卻很勇敢。（胡品清，1980：186）更重要的是，她不偏不倚，像一株獨立的樹。（胡品清，1980：13）這外柔內剛、獨立生存的樹，就是她的自我投射。在沒有倫常位置的狀況之下，胡品清選擇自己的人生路途，捍衛自己的生存狀態，無畏旁人的目光，這一切無疑具有存在主義自我抉擇的意味。早在1969年，作家周伯乃〈永恆的異鄉人——胡品清〉一文的題目就已把胡品清的存在主義精神道出。（周伯乃，1969）胡品清來到臺灣時是異鄉人，但是對她來說，過去所有的「家」卻也並沒有「家」的感覺。因為沒有家，她的筆下寫出了自己要的家，一個永恆烏托邦，她的大我是人師，小我就是水晶球裡的自我投射，如此以存在主義的姿態「絕望地活下去」。在〈耶誕詩箋〉裡，她說，「這是最基本的卡謬哲學：在自覺的絕望中負責任地活下去，且竭力為人製造幸福，即使是你的敵人。」（胡品清，1970a：28）

　　胡品清為自己塑造的形象，出現芭琪和歐菲麗亞這兩個名字。胡品清《芭琪的雕像》這個書名，把她心中的自我形象明白向讀者坦陳。在這裡，她坐在粧台前，凝視著三面鏡子反映的三個歐菲麗亞，對影成四人。（胡品清，1974：116）芭琪和歐菲麗亞都是她的自我投射，也有她自己賦予的不同性格。如果說芭琪Patricia（胡品清的英文名字）是胡品清自己，一個在白種男人東方主義、大男人主義權勢下受盡委屈，最終決定走出婚姻的中國女子，那麼歐菲

麗亞這位莎士比亞戲劇《哈姆雷特》（Hamlet）裡的人物，才真的是胡品清對愛情執著的自我投射。

歐菲麗亞愛上了哈姆雷特，卻遭父親反對，最終發瘋，自溺而死。洪淑苓在〈另一種夏娃──論胡品清詩中的自我形象〉裡，把胡品清筆下的歐菲麗亞歸入「特殊女性人物典型」，也就是女妖、女神、瘋女與波希米亞女郎一類，她們代表對叛逆與自由的嚮往，以「另一種夏娃」塑造她永恆的自我。（洪淑苓，2002：157）這種對愛情的渴求與信仰正是胡品清女性書寫的重要一環，她的水晶球裡，必須有那麼一個美少男，陪伴她的心靈，否則，人生對她完全沒有意義。確實，胡品清自己說：「就這樣，先先後後，我曾經在C.C.身邊，在W.身邊，在J.身邊凝望自己的影子，因他們之存在而投射在山道上，或短或長。」（胡品清，1981：69）

我們細看胡品清的「愛情」，甚至她的「友情」，比方她和未成名前的三毛，也就是早期那個「哲學系小女孩Echo」的交往，都包含了絕對的「投射」意味。水晶球裡的胡品清永遠在照鏡子，她在鏡中凝望自己多重的面向，也喜好從他人眼中凝望自己，這種凝望的快樂，正是胡品清的愛情定義。正因此，胡品清的自我塑造不僅有拉岡的「鏡像」意味，所謂鏡中的自我永遠優於原來的自己，她的「情書」散文更體現虛擬對方、實寫自己的意趣。對方的「缺席」是「書寫愛情」的必要條件，反過來說，文中的「無瑕疵情

人」必然是作者胡品清的獨語。[2]

再進一步深究這位對愛情執著無悔的歐菲麗亞，她還有一個特質，那就是「不被知曉」，她是一位「陌生女子」。胡品清的文字時時出現一個標題，那就是「一個陌生女子的來信」。這是奧地利小說家斯蒂芬·褚威格（Stefan Zweig 1881-1942）的作品，由沈櫻在1967年譯成中文。胡品清在〈一封無法投遞的信〉裏這樣說：

> 終於，我在一方草地上坐下了，身體浸浴在日光裏，心靈溶化在「一個陌生女子的來信」中。首先，我讀了中譯本，然後又讀了英譯本，因為那個短篇如此震撼著我，因為我一直在想：那就是我，一個情感豐富，純真，強烈，絕對，且無所企求，不被知曉的陌生女人。

> （胡品清，1988：71）

---

[2] 張瑞芬討論胡品清大量的書簡、手記、組曲類散文，提出：「以女性文學的特質來看，這種充滿流動、瑣碎和獨白、細節的演繹，其實是有著『鏡像反射』的意涵的。表面上是針對某個特定對象而發的情語，事實上是向內做自我心靈的單音獨白。」這裡她也引介胡錦媛的文章：〈鉛筆與橡皮的愛情：書信的形式與內容〉，《聯合文學》161（1998年3月）：60-66。參見張瑞芬，《五十年來臺灣女性散文·評論篇》，頁100。

　　〈一位陌生女子的來信〉故事是，名小說家亞爾41歲生日那天接到一封信，這封信很厚，十幾張信紙，信封上卻沒有發信人姓名地址。小說家好奇，打開來看，信的開頭就是：「你，永遠不知道我的你」。（褚威格，2009：13）在小說家的記憶中，模糊的有一個鄰居的孩子，一個少女，一個舞廳裡的女人；而對這個「陌生女子」來說，卻是她的整個一生。她一生都愛著他，現在她和他生的兒子死了，她自己也不久人世，而他卻對她一無所知。這封信的最終就是：「我愛你，我愛你！……再見！……」（褚威格，2009：53）這篇小說，就如褚威格一貫的風格，低調、溫柔，音樂般帶領讀者進入一個迷人、奇異、複雜，又教人絕對無法忘記的人間景觀。他對人性的挖掘、砍伐，這樣的慘烈，而最終的救贖，卻又如此的悲憫、包容。胡品清就是要做那個不被知曉的陌生女子，把一生如刺鳥般投入一個永恆情人的心靈深處，她對愛情的詮釋，絕非人間男女的吃飯穿衣，而就是幾乎不可能的「奇情」故事。

　　延續此對愛情執著無悔的歐菲麗亞，和不被知曉的陌生女子，胡品清文中出現很多「瘋狂」女子的形象與獨白，不容輕忽。比方〈福隆組曲〉：「我說我是詩人。你知道嗎？詩人的同義字是傻子。然後他們問我有沒有丈夫，我說死了；他們又問我有沒有愛人，我說死了；她們又問我一個人是否寂寞，我說一點也不，因為我自己也死了。於是她們就愕然望著我，一定覺得我語無倫次。

然後她們就回到自己的傘蔭裏，像逃避一個狂人。」（胡品清，
1970：37）〈歐爾菲麗亞的日記之三〉裡：

> 你一定不相信我是瘋了，因為你看不見我，也沒有人能為
> 你舉證。我不和任何人深談，也不回任何人的信，只是把
> 自己關在屋裏說瘋話。而你不會相信我是瘋了，因為沒有
> 人看見我作瘋人狀，也就沒有人能在法庭上舉起雙手向天
> 發誓：「她是瘋了，我說的是真話，是實話；不是別的，
> 只是真話，是實話。」而我確然是瘋了，而且瘋得有理。
> 當一個人否定一切價值的時候，當他發現自己面向絕對的
> 空無的時候，怎能不發瘋呢？
>
> （胡品清，1970：85-86）

　　這位女子否定一切世俗價值，謝絕所有人間位置，瘋狂獨語。
此外，早在她1965年的詩集《人造花》裡就有〈波希米亞女郎〉這
一首詩，部分詩句如下：「波希米亞女郎乃尼采之信徒／無視於養
尊處優／生活乃不斷的冒險／她有清澈的歌喉，如噴泉／她有燃燒的
舞姿，如火焰／用以養活自身／或販賣紙牌皇后的懸河之口／為行人
預測吉凶。」（胡品清，1965：62）在〈讀畫篇〉一文裡，有這一
段話：「打從初見的那一刻，我一直是個戴著大耳環的吉普賽女

郎，散佈著黑色的預言。」（胡品清，1977：9）這個極度野性的
波西米亞女郎，顯現出一股誘人魅力，正是胡品清自我塑像中的
「女浪人」。

女浪人教母

　　胡品清筆下頻頻出現的「小女孩們」，是一些文藝少女，這中
間有散文家張菱舲，還有後來的三毛等。三毛成名前，是胡品清文
中出現極多的「小Echo」、「心靜」。張菱舲1992年發表的〈自然
而然〉，是一篇極饒趣味的文章，她重複的說，「我創作文學的
美，也創造我自己。」（張菱舲，2007：76）對她來說，「自我」
是文字創造出來的，為了對抗現實粗糙，必須以美和靈性創造自己
的現實。「我就是我，我自己。一切依然故我如故。我的真實形象
在我的創作之中，我的真我就是我創作的文學！我以那樣的定力超
越了我自己的悲劇性，『以藝術的悲劇超越了生命的悲劇』，超越
了一切。」（張菱舲，2007：78）這裡張菱舲的以文學創造自我，
正和胡品清的創作相通，作家在文字中建造她的真實，以文學掩蓋
或超越她的個人悲劇。

　　三毛出現在胡品清的文字世界裡，最早是造訪華岡胡品清小樓
的「七個小女孩」中的第二個。〈深山書簡〉裡，胡品清這樣說：

「回來的後看見一個手裏捧著幾枝黃玫瑰的陌生女孩向我隔鄰那位老太太解釋著什麼。我問她是誰。她只說是七個中的第二個。我真希望她不會責怪我，因為我記不起第二個是誰。終於她說出了自己的名字，原來就是那個唸哲學的女孩。她第一次來的時候沒有遇見我，只留下了一束玫瑰和百合。於是我們就那樣見面了，而且立刻熟稔起來，用心靈說著話語。」（胡品清，1979：22-23）「假如能從一個人的讀物中看出那人的性格，我想我和那唸哲學的女孩是屬於同一類型的。她說在長長的暑假裏除了為賺學費工作外，她只讀了『一個陌生女子的來信』和柴可夫斯基寫給那個比他年長的貴婦人的書簡。她嚮往的大概是那種終身不渝的純情，即使是沒有結果的。」（胡品清，1979：23）

胡品清不斷的說Echo是一個「超現實」的小女孩，而且充滿靈性。胡品清和Echo的忘年之交，主要還在Echo是唯一「看懂」胡品清的人。〈給雲〉一文中，胡品清寫到三毛臨去歐洲之前給了她一封信，信裏說：

> 我想，我們是終生不能開懷渡日了。真正的原因不是際遇，而是個性使然。一個長久以來被悲感所依附的人，快樂只是一隻永遠也盼不到的青鳥，而我們期待的又豈只是快樂呢？Aunt，假如妳認真的要終生讓妳的路綴以繁花，妳

便不會讓那條滿載著愛情的船飄向遠方了。我常常在想，
如果妳一生順利幸福，妳會仍是我所愛的那樣一個Aunt嗎？
我私心不願意妳平凡渡過一生，也許那樣，妳的美麗和光
彩便被深藏了。Aunt，妳怎會是個可憐的Aunt呢？那樣形容
妳自己是不公平的。寫作令妳覺得真實，美麗，永恆，那
正是妳最值得驕傲的地方。

（胡品清，1979：54-55）

這種「不要平凡」、「不要在俗人中間」的抉擇，成就文學上
的胡品清，和後來青出於藍而勝於藍的三毛。這兩個人，當時文學
上的知己和忘年之交，是先後用文字寫夢幻水晶球、撒哈拉沙漠海
市蜃樓愛情傳奇的大家。小Echo成為名作家三毛，正是由於她寫了
沙漠中的愛情，三毛順應時代潮流，以她的極度個人魅力成功獲得
一整代，可能繼續的兩三代的華文讀者的歡喜。三毛成了偶像，她
代表了七〇、八〇年代異國戀、行走世界的女浪人作家。反觀胡品
清，半生在華岡寫她的「心靈伴侶」，溫柔夢幻卻觸犯禁忌（比方
〈愛的低語〉（愛上雙魚座小男生）這樣的文章標題），文筆這樣
美，這樣令人沉醉，卻又那樣孤芳自賞。胡品清寫的傳奇是易碎水
晶球，必須放在凡人不可觸及之處，只有有心人才可識其趣。而她
的文學「小姪女」Echo，走了一條極端的路。三毛這樣渴望「為人

所歡喜」，這樣懼怕被拒絕，這樣需要注意，卻又如此不堪壓力。同樣自戀，胡品清是靜室裏的女巫，輕輕點著她的水晶球，看遠處的小愛人；三毛是不斷到另一空間去找尋傳奇，來填補讀者的心靈。三毛是Echo陳平創造出來的傳奇人物，是一個如此好看的秀。當沙漠荷西不再，和胡品清一樣迷信愛情的三毛，竟然往地府去尋找愛情傳奇。

出境

　　胡子丹在〈獨自喜憑欄──敬悼胡品清教授〉一文裡說：「那些年月，『反攻大陸』仍然聲響，她那著軍裝、在黃埔軍校執教、不時在她思念中出現的亡父雄姿，而她自己，卻被列名於禁止出境的黑名單中。她思前想後，矛盾呀矛盾，無解復無解。」接著有如下文字：

　　　直到二〇〇六年的九月三十日，上溯一九六二年她由法國來到臺灣，整整四十四年，她不曾飛越過臺灣上空。艱難悲世路，憔悴感年華，偶爾，她曾唏嘆：「我也想出去透透氣，可是我被『會辦』啊!而『會辦』得總是沒有下文。」戒嚴期間，出國，她是被不准；解嚴了，她是自己

不准出國。羈居一久便難以邁步，哀莫大於心死！

　她終於出境了，報載「法文翻譯名家，胡品清走了」，是二○○六年九月三十日出境的。

（胡子丹，2006：122）

　胡品清為什麼列入國民黨的黑名單？她的法國丈夫紀業馬是研究共產黨的專家，胡品清自己被密告「在法國出版的法文本《中國當代新詩選》，選了毛澤東的〈沁園春〉，有親共之嫌」，她也因此從不出席中國文藝協會任何活動。（文曉村，2006：39）這樣一位人生經歷絕不夢幻的女作家、女教授，卻在自我救贖中以文字建造了她的心靈花園。對她來說，「寫作就是要糾正原不該如此的世界」。（林文義，2006：35）而她寫出的水晶球世界，有她的無暇的永恆情人，也有她對愛情執著無悔，而且永遠不被知曉的「陌生女子」自我塑像。有意或無意，她甚且帶領了後來臺灣流行文化裡湧現的女浪人文學。

引用書目

胡品清，1965。《人造花》。臺北：文星書店。
　　　　，1967。《夢幻組曲》。臺北：水牛出版社。

_____，1970。《芒花球》。臺北：水牛出版社。

_____，1970a。《仙人掌》。臺北：三民書局。

_____，1974。《芭琪的雕像》。臺北：三民書局。

_____，1977。《水晶球》。臺北：水芙蓉出版社。

_____，1979。《最後一曲圓舞》。臺北：水牛出版社。

_____，1979a。《彩色音符》。臺北：九歌出版社。

_____，1980。《不碎的雕像》。臺北：九歌出版社。

_____，1981。《畫雲的女人》。臺北：彩虹出版社。

_____，1983。《隱形的港灣》。臺北：華欣文化事業中心。

_____，1984。《法國文潭之「新」貌》。臺北：華欣文化。

_____，1986。《玫瑰雨》。臺北：文經出版社。

_____，1988。《晚開的歐薄荷》。臺北：水牛圖書出版。

_____，2008。《夢幻組曲》。臺北：水牛出版社。

胡子丹，2006。〈獨自喜憑欄——敬悼胡品清教授〉。《傳記文學》89卷
　　6期（2006年12月）：122-125。

文曉村，2006。〈形上抒情唯為美　敬悼詩人胡品清〉。〈山崗上，詩的
　　背影　胡品清紀念專輯〉。《文訊》253（2006年11月）：32-48。頁
　　38-39。

張瑞芬，2006。《五十年來臺灣女性散文‧評論篇》。臺北：麥田出版社。

陳芳明，2003。〈在母性與女性之間：五〇年代以降臺灣女性散文的流
　　變〉。《霜後的燦爛——林海音及其同輩女作家學術研討會論文
　　集》。臺南市：國立文化資產保存研究中心籌備處。頁295-310。

林文義，2006。〈離開，歐菲麗亞〉。〈山崗上，詩的背影　胡品清紀念專輯〉。《文訊》253（2006年11月）：32-48。頁35-37。

陳宛茜，2003。〈香水樓裏的胡品清　和花一起呢喃〉。《聯合報》（2003年5月12日B6文化版）。

洪淑苓，2002。〈另一種夏娃──論胡品清詩中的自我形象〉。《國文學報》32期（2002年12月）：157-181。

夏祖麗，1973。〈胡品清有堅強的一面〉。夏祖麗編著。《她們的世界：當代中國女作家及作品》。臺北：純文學出版社。頁101-106。

周伯乃，1969。〈永恆的異鄉人──胡品清〉。《自由青年》41卷6期1969年6月）：93-98。

褚威格，斯蒂芬 Stefan Zweig（1881-1942），沈櫻譯，2009。〈一位陌生女子的來信〉。《一位陌生女子的來信》。臺北：大地。頁13-53。

張菱舲，2007。《溯望》。臺北：九歌出版社。

當代華文女作家論
030

歸：陳若曦遍尋桃花源

　　1976年3月，作家陳若曦（1938-　　）在溫哥華為她的小說集
《尹縣長》初版作序，文中有這樣的文字：

> 我在南京住的那幾年，怎麼也沒想到有一天會再提筆寫小
> 說；那時作夢也想不到有離開的一天。誰知天下事難料，
> 有一天竟然人到了香港。由深圳乘火車到九龍時，沿途看
> 著花花綠綠的招牌，幾疑心是置身夢中。原想不提往事，
> 只將就著打發餘生，然而住在以人為牆的香港，卻備感
> 寂寞，特別懷念起大陸上的朋友來。我在大陸七年，論種
> 田，遠不夠自己糊口；教書呢？也是陪著誤人子弟。想來
> 想去，只有一點，那就是多認識了自己的同胞。
>
> （陳若曦，2005：205）

　　這本書奠定她一生在世界文壇上的地位，也是她的文學高峰。在28歲，陳若曦以一位臺灣原籍新竹縣，後遷臺北市的勞工家庭出身女子，勇敢的投奔她當時認為的人間桃花源中國大陸，和她當時的丈夫段世堯堅定的要把孩子生在中國，成為新中國的一個幸福中國孩子。她做到了。她的桃花源在28歲到35歲之間已經完成，當她離開中國之後，她已無緣再找到一個自己原初夢想的桃花源。她以大半生的顛沛流離證驗一個最平凡的哲理：人間沒有桃花源。

　　本文探討的是：陳若曦以一位臺灣勞工階層背景的知識女性，為什麼會在1966年進入當時絕對異域的中國大陸？在許多已有的說法之外，我要細細探究的是她在中年以後回憶錄式的文字中所提供的一些線索，那就是她對日本的仇恨，和對國民黨戒嚴時期的隱藏怨恨。她的投奔大陸來自對臺灣的絕望，她拋棄父母而投向匪區是她之所以為陳若曦的最明確特點：為理想獻身。然而，這樣的獻身和背棄，得到的卻是人間三大不公的再度證驗：階級、性別、種族。投入了以她自身的無產階級為立國標準的大中國，她美國回歸的身分卻使她被視為準特務和資產階級份子；投入了她所認同的大中國，她的臺灣身分卻使她永遠無法真正被當地人接受。她可以一廂情願的認同中國，中國卻並不認可她。唯一的欣慰恐怕是性別的平等，陳若曦的兩個兒子，一個姓段、一個姓陳，貫徹消除父權的

「婦女能撐半邊天」中國作風。然而她在多年後回到自己土生土長的故鄉臺灣後卻再度發現，臺灣仍然是男女不平等，她會在晚年專門為這樣的性別不平而寫作。

本文將反覆申論的是，陳若曦從少女陳秀美到作家陳若曦，她的自我畫像重複一種悍然無畏的打抱不平、伸張正義。她的創作底層是一種為弱勢鳴不平、為無聲的人發聲的精神。她作為知識份子的社會責任在她的人生抉擇和文字生涯中明確的突顯出來。然而也正因此，當她的社會觀察到了一個衝突性相對減少的真正平和社會，可能是某種程度的實際桃花源，她的文學斷然脫水，失去色彩。

陳若曦的文學高峰就在她1973年二度背棄「家鄉」——中國之時，距離第一次她背離「家鄉」——臺灣，只有7年。七〇年代她是用情感寫下了她在中國認識的一些朋友，是因為他們仍在煉獄裡生活，而她自己卻已抽身離開，她對他們必然有的複雜心情，愛與同情加上愧疚，使得她的〈尹縣長〉終結那句話「死人的事是經常發生的」這樣淒厲、任秀蘭的死這樣令人驚駭難忘、彭玉蓮的絕無廉恥這樣的震撼人心。當歲月向前推移，陳若曦會隨著不同的政治團體利益取向而起舞，承認她自己是揭發共產暴政、為歷史人類做見證。陳若曦成了全世界最早揭露中國大陸共產社會黑暗內幕的作

家。她也因此而為人們記憶[1]。然而,這是她的初衷嗎?陳若曦一
再說她最痛恨的標籤就是「反共作家」[2]。人生是荒誕的。

---

[1]　呂正惠教授在1988年指出:

> 陳若曦的小說所以受到人們的重視,除了本身的文學價值之外,基
> 本上是由於政治的原因。以她的「回歸」經驗為基礎,陳若曦把文
> 革的部分「真相」暴露於世人之前。在「四人幫」掌權的末期,像
> 「尹縣長」、「耿爾在北京」、「晶晶的生日」一類的作品,可說
> 絕無僅有。無怪乎發表之後即風靡全臺,而藉藉無名的陳若曦也一
> 躍而成為備受矚目的小說家。
>
> 　　　　　見呂正惠,〈徬徨回歸路──陳若曦小說中的政治三角關係〉,
> 　　　　　　　　　　　　　　　　《文星》(1988年2月):88。

　　郝譽翔教授在1999年提出:「這正是陳若曦小說可貴的地方,〈晶晶
的生日〉、〈歸〉等以文革為題材的小說,不但走在大陸作家之前,成為
書寫文革的先驅者;更重要的是為當年臺海兩岸隔絕、政治情勢緊張的時
刻,打開了一扇引起世界高度關切的窗口。」見郝譽翔,〈筆,是她的劍
──閱讀陳若曦〉,《幼獅文藝》(1999年10月):50-51。

[2]　李文冰在1998年訪問陳若曦的文章〈當一切雲淡風輕──作家陳若曦專
訪〉裡說:

> 陳若曦對「反共作家」的說法不以為然,「這頂帽子並不成立。我
> 想沒有人會為了反對共產主義而寫文章,起碼我不是為了反共才寫
> 小說。我寫小說只是單純因為『我要寫小說』,主題恰好反映了大
> 陸的生活。這種生活恰好藉由小說看出制度上的問題及其不合人性

　　本文同時要追蹤的一個主題是：陳若曦筆下的臺灣女性。陳若曦不同於其他女作家的地方無疑是她的強烈知識份子性格和政治參與性。這樣的一位知識女性作家，陳若曦筆下的女性呈現何等相貌？她從早期寫〈最後夜戲〉金喜仔那樣的一位吸毒的歌仔戲演員到1999年的得獎作品《慧心蓮》和2002年出版的《重返桃花源》裡描寫的比丘尼生活，透露出哪些她對女性議題關注的玄機？由此再回到一個陳若曦極為突出的行事為文核心價值：關心社會、為弱勢鳴不平的知識份子精神。陳若曦的可敬處，就在她從來就不是躲在象牙塔裡的讀書人，她確實勇敢地為她的理想付出了代價，毀譽參半自是預料中事。知識份子作家陳若曦大半生遍尋桃花源，這個桃花源裡，沒有人間的三大不公：階級的不平等、種族的不平等、性別的不平等。她找到了嗎？

之處，它其實有助益共產主義的批判。也因為這個標籤，我一直不願意回臺灣。」直到八〇年的「高雄」事件，相較於自己受到的誤解與委屈，作家覺得茲事體大，才回到這塊土地上。厭惡「反共作家」的標籤，也因為它常與「反華」混為一談，而作家卻從不反對中華民族。「我也不認為認同中國、中國文化、中國人的觀念就是『親共』。」陳若曦從未中斷對中共的批評。

　　　　見李文冰，〈當一切雲淡風輕——作家陳若曦專訪〉，
　　　　　　　　　　　　　《幼獅文藝》（1998年5月）：18。

陳若曦眼中的臺灣及日本

陳若曦1999年出版散文集《歸去來》，其中〈青春不留白〉一文裡回憶自己少年時代，有如下文字：

> 我從小就嚮往民主和平等的社會，並且直言不諱，因而吃了不少苦頭。
>
> 在北一女唸高二時，逢臺北市長選舉，國民黨提名的黃啟瑞和無黨籍的高玉樹對決。級任導師利用上課時間讓我帶領同學做「民主討論」。大家知道這是為黃啟瑞輔選，不敢輕易說話；身為班長，我便帶頭發言，主張投票給「黨外」人士。
>
> 「民主政治需要監督和制衡，」我在台上慷慨陳辭，「現在是國民黨執政，最好選一個非國民黨的市長，這樣才能起到監督和制衡作用……」
>
> 話還沒說完老師就把我拉下台，一邊厲聲斥責：「你胡說八道！這是反叛思想，怪不得週記裡還寫著要『打倒禮教』！」
>
> 「反叛思想」在「白色恐怖」的五十年代，是聞之喪

膽的罪名，夠資格蹲綠島去了。我嚇得後來進了台大都不
敢碰政治，只敢在文學領域裡打轉。

（陳若曦，1999：214）

　　陳若曦在她1996年出版的《我們那一代台大人》的序言中這樣
形容她的大學生活：

相比之下，我們那時的校園清靜多了。高壓政治加上「紅
色」和「白色」恐怖，人人噤若寒蟬；年輕人對國家大事
至多止於暗室清談。我們因而把精力轉向文藝活動，譬如
創辦《現代文學雜誌》，欣賞現代畫，參加「全盤西化」
的論戰等等。

（陳若曦，1996）

　　陳若曦早年隱藏了她對臺灣政治的不滿，寄情文學。然而，她
對國民黨威權統治的憤慨會使她到美國之後毅然投入國民黨所極力
宣傳的最大敵人——社會主義中國嗎？僅僅因為如此嗎？在同書的
〈喜見臺灣廢除惡法〉（原載《明報月刊》1991年5月）一文中，
陳若曦有如下陳述：「記得七十年代中，曾和另一個老同學白先勇
談起我們滯留在外的心情。他當時用了『避秦亂』的字眼，印象

至深。是的,我們懷著『避亂』的心理,離鄉一走了之。」(陳
若曦,1996:162)「避秦亂」,「秦」是指誰呢?「鄉」又是那
裡?乍看之下,白先勇所謂的「秦」必然是共產中國,「暴秦」一
貫是國民黨對共產黨的定位。然而,卻又未必全是。作家白先勇向
來沉浸在《牡丹亭》的美麗精緻夢幻文化中,他在1992年發表的文
章〈不信青春喚不回——寫在《現文因緣》出版之前〉裡有這樣的
回憶文字:

> 我們不談政治,但心裡是不滿的。虛無其實也是一種抗議
> 的姿態,就像魏晉亂世竹林七賢的詩酒佯狂一般。後來劉
> 大任、郭松棻參加保釣,陳若曦更加跑到對岸去搞革命,
> 都有心路歷程可循。從虛無到激進是許多革命家必經的過
> 程。難怪俄國大革命前夕冒出了那麼多的虛無黨來。
>
> (白先勇,2001:135)

　　這裡,鮮少觸及政治的白先勇披露圍繞《現代文學》成員的一
些心路歷程。他們在臺灣某種程度的脫離社會現實,是一種選擇。
避秦,無疑也是避臺灣的戒嚴時期文化真空。
　　作為一位女作家,陳若曦大半生的行事為文風格,作為「知識
份子」的一部分最為突出,她作為知識份子的風骨遠遠超過她是一

個女作家的身分。此知識份子不止是知識人或者讀書人的意思，而含有關懷社會、進入社會的明確意圖。陳若曦自己對知識份子的解釋是：「知識份子就應該要有誠實、敢說話的風骨。」（李文冰，1998：18）陳秀美以陳若曦為筆名，締造她的文學生命，是她一個明確的選擇，那就是走出自己出身的框架，找尋某種相對來說更正義的、公平的、世界的、人道的人生願景。面對她身處的環境，她不斷重複擔負的角色就是入世的知識份子道德良心，為受難者、受難族群發聲，不遺餘力。

　　在大學時代陳若曦是《現代文學》社的重要成員，但她的小說人物卻與白先勇、王文興等輩截然不同。陳若曦作為作家的特點始終就在她對無產階級勞動人民（或者說中下階層民眾）的關注。文學評論家夏志清早已指出，陳若曦一開始就和《現代文學》標榜的現代主義格格不入。其文如下：

　　　　秀美早期寫過些幻想小說，但一九六〇——六三年寫的最
　　　　能代表她晚近作風的幾篇——〈收魂〉、〈辛莊〉、〈最
　　　　後夜戲〉、〈婦人桃花〉——顯然看出她對舊式社會中下
　　　　層人士的同情和關注。「現代文學」標榜「現代」，陳秀
　　　　美不論題材、寫作技巧，一點也不「現代」，倒同五四、
　　　　三十年代的傳統拉的上關係。她最「現代」的那篇〈巴里

的旅程〉也可說是她最失敗的作品。

（夏志清，1974：10-11）

夏志清此時認為陳若曦的筆鋒像活躍於三〇、四〇年代中國文壇的東北作家蕭紅，（夏志清，1974：14）而他也明確的說出，「陳秀美走的是樸實、冷靜的寫實主義道路。」（夏志清，1974：16）

關於自己的家庭背景，陳若曦在她1976年出版的《陳若曦自選集》〈後記〉裡有如下自述：

> 我小時候生長在鄉下，家裡來往的親友不是務工便是務農，樸實無華。也許生活方式略有不同，但是他們對生活的追求，和生活的奮鬥，照樣的狂熱熾烈，七情六慾的表達更加真實、健康。

（陳若曦，1976：234）

這樣的一位臺灣女子，她赴美後毅然背棄國民黨統治下的臺灣，寧可拋棄父母，和夫婿段世堯「回歸」祖國，陳若曦的勇氣是驚人的。是什麼樣的強大力量，使得她義無反顧的進入中國，熱情無悔的參與建設「祖國」的行列呢？江寶釵教授提出，陳若曦的成

長環境使她認同無產者，相信消滅私有制，因而嚮往「無產階級專
政」的祖國。（江寶釵，1994）除此之外，還有一個關鍵點值得注
意，那就是日本在臺灣的殖民。2001年，陳若曦在專訪中這樣形容
自己：「我是個滿坦率的知識份子，對任何事情是知無不言、言無
不盡的人，而且堅持知識分子沒有退休的權利，知識份子是到你閉
目前都要關懷社會和愛你生長的土地。」（莊智，2001）對臺灣出
生的陳若曦而言，什麼才是她生長的「土地」呢？「日本殖民」在
陳若曦的筆下自來就是一個恥辱的印記。在她1999年出版的散文集
《歸去來》裡，有一篇名為〈難忘的升旗典禮〉的文章，這裡她
寫道：

> 同是白日造型的旗子，我們的國旗可是美麗多了！其時對
> 這面旗子的歷史和意義尚無深入了解，只覺得它比日本旗
> 漂亮，尤其是得來不易，更加令人自豪。想想祖孫等了三
> 代，這才做回中國人，這是多麼光榮的事呀！
>
> （陳若曦，1999：4）

　　在陳若曦前後幾十年的筆耕生涯中，她始終堅持對日本的仇
恨，其堅定程度近乎驚人。陳萬益在他編的《陳若曦集》的序文
〈牽懷海峽兩岸——陳若曦集序〉裡說，陳若曦「一九三八年出生

於世代木匠的家庭,父親頗有民族意識,憎恨日本殖民主義,因受家庭的影響,陳若曦自小即對日本的行徑保持反感心理。」(陳若曦,1993:9)這樣的仇日情緒,在她7年的中國生活中毫無疑問更加強化,中國是一貫仇日的。對日本的仇恨勢必加強她對中國的認同。在同書的另一篇文章〈不能原諒,不可忘記〉裡,陳若曦這樣批判日本軍國主義:

> 目前的日本政府當然有別於軍國主義時代的日本,我們並
> 不要求它為那一段侵略歷史負起全責,只要求它認識歷
> 史,表示歉意即可。可惜日本卻選擇「刻意忘懷」並「區
> 別對待」:譬如日皇只向東南亞幾個受害國道歉,對中國
> 卻「守口如瓶」;在教科書上把侵略中國寫作「進出中
> 國」;縱容右翼人士參拜靖國神社以崇揚軍國主義精神,
> 大有「東山再起」的意思。

> (陳若曦,1999:168)

對於確實存在於許多臺灣人心裡的觀念,那就是寧可當日本人也不當中國人,陳若曦的態度是這樣的:

> 目前海峽兩岸因政權對峙,給不少人造成是否移民的兩難

局面，因此部分臺灣人甚至寧可當初不曾「光復」，繼續
當日本人為妙。這種情緒可以理解，但未免太「一廂情
願」了。需知當年為了分化利用，臺灣人至多不過「次等
公民」而已，在日人眼中永遠是「非我族類」，我們自己
還是清醒些的好。朝鮮人和臺灣人都被日本征服過，朝鮮
人至今不忘提醒日本這段侵略史，動輒示威抗議，反而贏
得尊敬。目前有不少朝鮮人和臺灣人在日本定居或謀生，
儘管日本人對臺灣人很友好，但是對朝鮮人明顯多了一份
尊敬。

（陳若曦，1999：169）

陳若曦敘述自己的舅舅被征去南洋打仗，像許多臺灣青年一樣
有去無回。她這樣總結：「這才是那個時代『臺灣人的悲哀』，當
殖民地的次等公民也不得安生，還落得為侵略者充當『炮灰』。」
（陳若曦，1999：170）2001年，陳若曦在《打造桃花源》的〈保
釣為尊嚴〉一文中直率批評臺灣政府處理釣魚台問題上的軟弱：

一個國家放棄了土地的主權，誰還尊重她的補魚權呢？
能幫政府「自圓其說」的，是某些臺灣學者抬出的
「國際法」，據說「漁權就是主權」。主張由臺北、北京

　　和日本三方來協商釣島主權的倡議，也被譏為「不懂國際
　　法」。這種自我閹割的國際法顯然不受日本重視，果然難懂！

　　　　　　　　　　　　　　　　　　　　（陳若曦，1999a：68）

　　陳若曦在小說創作中也明確的批評臺灣許多致力於臺灣獨立的
人多少都有崇日的傾向。在短篇小說〈路口〉裡，有這樣的話：
「遺憾的是，她發現自己接觸的幾個搞臺獨的，中年以上的或多或
少都有親日的傾向，有意無意間還流露出受日本文化薰陶的優越
感，比起時下流行的崇美思想似乎更棋高一著似的。文秀以為，崇
日拜美都是徒長他人志氣而已。」（陳若曦，1993：126）始終不
變的極度反日，加上對國民黨威權統治的敢怒不敢言，當年的理想
主義青年陳若曦在追求階級平等和種族平等上，找到了她作為知識
份子安身立命的救贖。六〇年代的世界，中國大陸正提供了一個這
種階級平等的地方。陳若曦的奔赴中國是有原因的。

奔赴中國和離開中國

　　陳若曦的民權思想在〈初見夏公〉一文明白披露：

　　關於種族問題，我們一直意見分歧，我始終支持黑人民權

運動。見過夏公半年後，我便在華府參加了金牧師帶領的
最後一段「徒步長征」。金恩由南方步行到國會，發表了
「我有一個夢」的演說，聞者無不動容。六六年我投奔社
會主義中國，原因之一也是相信「第三世界」主體之一的
非洲大陸理應「解放」。

（陳若曦，1999：43）

　　而促使她以一個臺灣人的身分毅然選擇「回歸」中國大陸的
最關鍵原因，竟然還是不斷出現在她文字中的四個字：「民族情
感」。收在1983年出版的小說集《城裡城外》裡的短篇〈杜百合〉
裡，陳若曦這樣描寫杜百合：「她相信認同和回歸是感情問題，不
該像採購貨品似的到處比價。自己年輕時投奔祖國，憑著的是一鼓
理想和熱情。二十多年來歷盡滄桑，理想已如天邊的地平線，可望
不可即。但是她從不生離異之心，可見賴以維繫的是民族感情。對
於民族感情，還有什麼可說的呢？」（陳若曦，1983a：30）同書
的〈路口〉裡，臺灣母親余文秀告訴女兒：「阿町，中國人、臺灣
人都沒關係，我們要先做個好人。我們的祖先是從中國來的，對
不對？」（陳若曦，1983a：125）時間往前推移，1978年陳若曦寫
《文革雜憶》，回憶自己的經驗，對中國的認同更是一片赤誠，在
〈第一次分配〉一文中有如下文字：

> 我常以為我們這一代殘缺不全，有的不生在統一的中國，
> 有的雖生於大陸，卻要輾轉繞地球一週才的回歸祖國，備
> 嘗流浪和追尋的滋味。好在這種顛沛流離的日子都可以在
> 下一代得到補償了。他們將在和平和建設中土生土長，成
> 為新中國的新一代，有比這個更幸福的嗎？
>
> （陳若曦，1978：220）

　　陳若曦對新中國熱切期望，她此時也根深蒂固的認為臺灣將成
為大中國的一部份。1978年的重要自傳式長篇小說《歸》裡，有這
樣的文字：

> 　　「好大的水呀！」陶煉張開小手對著江水喊。
> 　　她想告訴兒子，這是祖國最偉大的河流，像慈母的奶
> 汁，取之不盡，用之不竭，孕育了子孫萬代。她想說，這
> 條江是我們民族的一部歷史，它見證了歷代的興亡，浪淘
> 盡了多少英雄人物。她曾想沿路給他指點江山勝蹟，讓孩
> 子能夠認識祖國的偉大和可愛。然而此刻，瞧著孩子天真
> 無邪的小臉，她不忍給他添加這些感情的負擔。她只能深
> 情的對他說：「陶煉，這就是長江，我們的長江！」

「媽媽，這水跑到哪裡去？」孩子仰起了臉問。

「它流到大海，流到大洋，流到……流到我的老家！」

（陳若曦，1978a：81）

　　回歸中國不僅是因為對臺灣戒嚴的失望、仇日、對中國的血緣民族情感，還有極大成分的社會主義理想，無疑，對青年陳若曦來說，六○年代的中國正是她的社會主義桃花源。1976年她在〈寫在《尹縣長》出版後〉一文中有如下文字：

　　我在台大念書時，對寫作便有興趣，不過那時候天真幼稚，一腦子的幻想，及至與幾個要好的同學創辦了《現代文學》後，又一改初衷，相信「文以載道」，文學絕不是貴族或有閒階級的消遣，本身該有嚴肅的使命，若不能為民喉舌，至少也要客觀地反映生活，於是我走出了自己的象牙塔，開始研究起自己所來自的階層，關心他們的遭遇，體會他們的感受，嘗試去表達他們的喜怒哀樂。目的並沒有達到，然而自己內心卻覺得充實多了。到了美國後，我繼續念文學，後來轉進「創作講習班」，忽然又來個大轉變了。這次，我覺得「文以載道」還不行，應得身體力行，寫作云云，真是雕蟲小技，可以棄之如敝屣；只

有政治才是大方向,行動本身才有力量,個人要對國家民
族做出貢獻,非投身到「革命的洪流」去不可。

(陳若曦,1993:208)

這時她的「國家民族」絕無僅有的就是社會主義新中國——中
華人民共和國。陳若曦的視野是驚人的。

對於自己的回歸中國,陳若曦的描述隨著時間往前推移而漸次
減少熱情、增加自我批判。到了九〇年代末,陳若曦再度回憶回歸
中國的經過,她在〈青春不留白〉一文裡這樣陳述:

我和一些來自臺灣的同志組織了學習小組,閱讀馬克
思的《資本論》和《毛澤東選集》。儘管我思想狂熱,但
是讀完《毛選》後,也深知自己難以適應毛氏那一套「文
藝為工農兵服務」的政策。但是沒關係,年輕人有的是
「可塑性」嘛,不搞文學就是了,只要能為中國人服務,
就當一枚「社會主義大廈」的螺絲釘,也於願足矣!於是
我把兩百多本文學書籍送掉,只留四五本托朋友寄往北
京,就和丈夫拎著一隻小皮箱,雙雙投奔中國大陸去了。

那是一九六六年,正趕上中共發動史無前例的「文化
大革命」,全國亂成一團,我們在北京等待工作,旅館一

住就是兩年半，然而有機會旁觀這場政治運動，頭腦也逐
漸清醒過來。

（陳若曦，1999：215）

　　注意這裡陳若曦用了「旁觀」二字。同文中陳若曦有這樣的
話：「投奔大陸是我一生的轉折點，它影響了我後半生的就業和
居住環境，堪稱顛沛流離，但是我從不後悔。」（陳若曦，1999：
218）這樣對建設大中國熱血付出的陳若曦，這樣寧可終生對母親
祖母深感愧疚的陳若曦，[3]她的最深敗北卻正來自她的國家認同並

---

[3]　《文革雜憶》裡的〈第一次分配〉一文中，緊接著對新中國下一代的期
　　待，陳若曦這樣寫道：

　　　　就在喜悅的企盼中，傳來了我母親病亡的消息。早料到她將不久
　　於人世，但接到報喪的信仍是驚訝和悲傷交錯，對著信紙淚如雨下。
　　　　六五年畢業時，原計畫冬天回歸。母親忽然發現了胃癌，需要
　　住院動手術。為了籌醫藥費，我去大學圖書館工作。手術後，醫生
　　預言她只有六個月的壽命，家人都要我回去看她。
　　　　母親和我感情最是深厚。長年的貧困日子我們一起熬過來，互
　　相了解依賴，因此親情之外又加上友誼，不管是父母爭吵，還是父
　　親和我的摩擦，我們向來站在一條防線上，也是親密的戰友。她是
　　文盲，意識到自己不久人世，一再托人帶口信要我回去一趟。可惜
　　我出於政治恐懼感，動也不敢動，只托朋友去探望她。至親彌留之

未得到中國的認可。陳若曦早年的「民族情感」顯示出對大中國的欣羨,和她明確「與有榮焉」的參與感歸屬感。但是諷刺的是,陳若曦這樣的嚮往中國,她在小說裡卻寫出了小說人物的致命打擊,那是回歸的受拒、企圖融合的敗北、認同的假相,和人與人之間絕然冷漠、無法融合的殘酷真相。陳若曦的自傳式小說《歸》裡,辛梅感嘆自己和丈夫新生投奔祖國6年,經歷了天翻地覆的文化大革命、參加各種勞動改造、全心想與國內的人認同。大家誇她是農家

際不能親侍在旁,這是我今生最大憾事。

算算母親去世的日子,正是我們夫婦抵達上海的一天。

見陳若曦,《文革誰憶》(臺北:洪範,1978),頁220-221。

1996年出版的《我們那一代台大人》裡有一篇名為〈外婆〉的文章,這裡她寫道:

「等你回來,我就不在了。」

我說:「不會,阿媽,我至多兩年就回來。」

我在美國的第二年,就傳來外婆去世的消息。

過兩年,母親發現癌症。我因為政治活動,不敢返臺看望,一度為忠孝難全而痛苦過。事後才得知,她歸天之日,正是我踏上中國大陸之時。我沒能給外婆送終,也未曾孝順母親,而她們是兩個最疼愛我的人。僅僅為此,我今生今世便永遠負疚於心。

見陳若曦,《我們那一代台大人》

(臺北縣板橋市:臺北縣文化中心,1996),頁29-30。

的好女兒，使得她產生錯覺，覺得她被集體所接受了。但是並沒
有。辛梅的結論是：「六年究竟還是短暫的，她對自己說，就怕今
生永無被認同的一天！」（陳若曦，1978a：17）

　以為被接受了，但沒有。臺灣人在大陸，先是接受統戰的禮
遇，等到不存膌餘價值，就自然冷淡棄置。無論如何你仍是「非我
族類」。如果陳若曦之離開中國就是因為她不被認同，可以解釋一
個理想的幻滅，但是她之所以離開中國是為了孩子，為了孩子的前
途。〈青春不留白〉裡她陳述：「真正促使我下決心離開大陸，
則是為了孩子的前途考慮。」（陳若曦，1999：217）小說《歸》
裡，同樣回歸中國大陸的夫婦有這樣的對話：

　　「我們把圓圓和小牛帶回來，原以為是給他們帶來幸
福，如今適得其反了。祖父反動派，父母是資產階級知識份
子，他們會變成什麼呢？」
　　亞男突然冷靜地回答丈夫：「我寧可帶他們再出去流
浪。」

（陳若曦，1978a：136）

　文革時期知識份子是臭老九，知識份子的孩子也受到歧視。
〈晶晶的生日〉裡有這樣的文字：「多少家長都說過了：一個小

孩可以偷，可以搶，但萬萬不能犯政治錯誤！」（陳若曦，1993：
47）孩子的前途堪憂，一框熱血生在中國的下一代成了註定人生崎
嶇的小可憐，臺灣是回不去的故鄉、祖國是一場噩夢，陳若曦的人
生到此已走到盡頭。就在這裡，我們看到一個永恆的問題：「走，
還是留」。如果陳若曦真的認同了她當年投入的祖國懷抱，和中國
共存亡了，她大概會狠了心就此紮根，任何艱難也絕不動搖。中國
在1978年開始出現的所謂「傷痕文學」寫出了太多慘絕人寰的人間
悲劇，文化大革命對中國人的迫害傷害那裡是陳若曦那7年經受的
所能夠比擬？陳若曦的離開中國，除了為了孩子，恐怕更大原因還
源於她自己無法面對的幻滅。桃花源不在中國。社會主義無產階級
專政也絕非樂土。「中國」，根本是一個騙人的名詞。一個人要花
多少歲月才能證明一件事，所謂的「與土地結合」談何容易？理想
主義者陳若曦以為她可以和中國融合為一了，但她終究是一個外
人、一個旁觀者。

　　這裡回到呂正惠教授對陳若曦文革小說的評論。呂正惠一貫讚
揚陳若曦的寫實主義作風，認為她的文字樸實無華，既簡單、又動
人。但他也提出陳若曦以自己回歸為題材的長篇《歸》寫得欠佳，
原因是：「我相信，《歸》的失敗，主要就在於陳若曦在文革中所
扮演的這種『旁觀者』的角色。」（呂正惠，1988：89）他接著說：

從這裡我們不難了解，陳若曦在大陸始終是個「外來者」，是個「異鄉客」，她並沒有融入大陸的社會中，沒有跟那社會的人水乳交融過，因此，她不能以大陸人物的觀點寫出令人信服的小說。相反的，如果她以回歸的知識分子為主角，她有意無意總會把這些人物那種游離於大陸社會之外的痛苦表現出來。我想任何人都會同意，「耿爾在北京」是陳若曦最好的作品，而這一篇小說的主題卻正好是知識分子與大陸社會「疏離」的痛苦。

（呂正惠，1988：90）

　　陳若曦是一個「零碎的觀察者，而不是整個政治運動中的人。」（呂正惠，1988：90）這裡我們不得不面對一個敏感的認同問題，陳若曦確實不是一個中國大陸無產階級文化大革命運動中的人，正因此，她在《尹縣長》及《歸》裡表現出的疼痛是連具體名目都說不出的隱痛，它沒有和中國那片土地的穩定、長久、深刻的緊密關係作後盾，因此它也就失去了深刻性。陳若曦的《尹縣長》是絕佳寫實主義小說，但若說陳若曦是傷痕文學的作家卻並不貼切。陳若曦早在傷痕結疤可以凝視之前就離開病體。她由深圳乘火車到九龍時的複雜心情，是可以想見的。

　　陳若曦寫作的基本信念早在七○年代就已明確交代：「我仍

然想寫自己熟悉的人和事，力求客觀、真實。年輕時最推崇寫作技巧，現在但求言之有物，用樸實的文字敘述樸實的人物，為他們的遭遇和苦悶作些披露和抗議。」（陳若曦，1976：235）經過了文學大家葉石濤所稱的陳若曦文學第二階段創作，也就是1973年離開中國後，她以中國大陸生活為背景的作品：短篇小說集《尹縣長》（1976）、長篇小說《歸》（1978）、短篇小說集《老人》（1978）等，（陳若曦，1993：249）陳若曦進入第三階段。在80年代，陳若曦轉而寫美國華人的生活經驗，作品包括短篇小說集《城裡城外》（1981）、長篇小說《突圍》（1983）、《遠見》（1984）、《紙婚》（1987）等。無可避免的，她碰觸到外遇、離婚、綠卡之類的慣有題材。陳若曦此時仍然秉持她發掘不公、打抱不平的寫作態度，細細觀察華人社會。然而，以她的平實筆觸和絕不花梢的中性報導式書寫，陳若曦的創作在這個時期喪失她在《尹縣長》時期所有的藝術分量。誠如簡政珍教授所說：「回歸放逐者的身分已不再，文學的姿容也略顯蒼白。」（簡政珍，1999：67）沒有了政治的附加光環，陳若曦筆下的人物無論男女都脫水了，他們成了失去重量的漂浮物，虛蕩的活在美國這片安樂而平軟的土地上，唯一共同理想不離一張綠卡。

　　葉石濤1984年的〈從憧憬、幻滅到徬徨——談陳若曦文學的三個階段〉一文中，有如下評論：

然而陳若曦跟《現代文學》的同仁們有鮮明的不同，那是由她的出身背景與個性所決定的。如眾所周知，她出身於祖父、父親兩代都是木匠的家庭，是不折不扣的「無產階級」。所屬於《現代文學》的第二代作家若不是生於顯赫的世家，就是同來臺的大部分大陸人一樣，依附在特殊權力機構生存的中產階級，這也適用於本省籍的作家歐陽子身上。唯有陳若曦，她必須突破各種障礙，一面工作，一面完成學業。我們在後來的陳若曦生活裡看到的，堅定的意志，至高的道德勇氣，百折不撓的奮鬥，孜孜不倦的創作，勤勞而不退縮的各種美德，大約是她的出身背景所規範的，同時也是與生俱來的個性——健全的精神發揮。當然這些美德從反面來看，也是這充沛的精力與鋒芒畢露的雄心吧？

（葉石濤，1984：243-244）

葉石濤慨歎陳若曦的文學創作進入第三期的徬徨階段，沒能寫出像屠格涅夫的〈獵人日記〉、〈父與子〉、〈煙〉那樣紮根於大地、表現民族風格的作品。（葉石濤，1984：253）他並且說：「那麼陳若曦為什麼不能避開令人厭倦的政治問題，回到她文學的第一階段，再度捕捉故鄉悸動的心靈？」（葉石濤，1984：254）

陳若曦似乎聽從了葉石濤的建議，九〇年代開始，她把目光轉移到
了香港和臺灣的社會，真正避開了政治問題，再度回到亞洲，開創
她應該算是第四階段的創作。陳若曦1999年出版《打造桃花源》，
在序裡她這樣寫道：

> 我於一九九五閏八月，返臺定居。三年來最大的收穫
> 是再度擁抱這塊土地，從新認識它，為它歡欣，焦慮，和
> 鄉親共同付出一點心力。
>
> 三十四年前，我並不看好這塊土地。儘管山河優美，
> 民心淳樸，但是長年的集權政治和思想禁錮，讓彼時的學
> 生普遍興起「來來來，來台大；去去去，去美國」的心
> 態。我一向追求自由民主和公平正義，負笈美國後，發現
> 新大陸果然自由民主，且富饒美麗。然而美則美矣，卻
> 「終非吾土」，以我的文化背景，嚮往的是武陵式的桃花
> 源。於是六十年代中旬，我又奔赴中國大陸，尋找那平等
> 均富的「社會主義」理想國。不料碰到翻天覆地的文化大
> 革命，整個粉碎了我的美夢，終於在七十年代又回到美洲
> 大陸。

（陳若曦，1999a：1）

　　繞一個大圈回到臺灣，陳若曦的創作成果豐碩，先後出版了散文集《我們那一代台大人》（1996）、《慈濟人間味》（1996）、《歸去來》（1999）、《打造桃花源》（1999），短篇小說集《女兒的家》（1998）及長篇小說《慧心蓮》（2000）和《重返桃花源》（2002）等作品。無疑，此時陳若曦的土地性極為強大，掃除了文革寫實的理想幻滅和美國生活的虛空。1995年當她再度回返她出生的臺灣定居，陳若曦的紮根土地與認命心態，顯然和30年前奔赴中國時充滿理想的雀躍大大不同。

陳若曦筆下的臺灣女性

　　作為一位女作家，陳若曦關注的女性議題為何？她寫出的女性人物又是何等相貌？首先，知識份子作家陳若曦對社會政治的熱心顯然要比她對所謂一般的女性議題有興趣得多，在〈學富五車虛懷若谷——悼念林同濟教授〉一文中有如下文字：「我家每月贈送一本《婦女》雜誌。看過一兩期，印刷精美，內容也豐富，諸如做菜、美容、如何防止丈夫外遇、離婚了怎麼辦……等名目，應有盡有。我自己恰巧對這些不感興趣，但女朋友們都喜歡，因此這本雜誌經常外借中，閱讀率頗高。」（陳若曦，1981：168）這裡陳若曦的坦率幽默令人莞爾。確實可信的，一個會為了社會國家理想付

出代價的女子,她的人生視野照理說不太可能等同於傳統我父我夫
我子的女性。然而,真的如此嗎?

　　先不談陳若曦最早期的小說人物,比方〈最後夜戲〉裡的金喜
仔和〈辛莊〉裡的雲英,陳若曦小說中的臺灣女性較為突出的包括
《遠見》中的廖淑貞、〈路口〉裡的余文秀、〈杜百合〉裡的同名
女性、〈女兒的家〉裡的賴惠馨、《慧心蓮》裡的杜美慧,也就是
後來出家的比丘尼承依等。她們不管「解放」與否,在某個階段都
是護衛丈夫家庭的女子,又或多或少有「受難者」、「受害者」的
味道。作者陳若曦在散文〈求田問舍〉裡說:「家的意義在我只是
丈夫或孩子的所在地,其他身外之物,必要時都可拋棄。」(陳若
曦,1981:58)這似乎也反映在她筆下的女性人物身上,陳若曦筆
下的標準臺灣女性赫然是一位忍氣吞聲、任勞任怨、一心為家庭操
持的女子,有時還是委屈的下堂婦。在形象上,她是一個像〈路
口〉中來自東港的余文秀那樣的女子:「柳葉眉淡淡地描成一彎新
月,臉上不施脂粉和唇膏。略嫌蒼白,但整張臉自有一分端莊和
清麗。」(陳若曦,1983a:92)她絕不是人生舞台上最亮眼的主
角,而是一個默默工作的配角。

　　八〇年代陳若曦的綠卡婚變小說《遠見》裡,有一位臺灣女子
廖淑貞。她嫁了一位大陸來臺的公務員吳道遠,女兒十多歲時送女
兒去美國讀書,目的是為丈夫拿綠卡。吳道遠對妻子淑真說:「人

家問起，我都說你在舊金山陪女兒讀書。最近，臺灣很多家把小孩，特別兵役年齡前的男孩送到美國去念書。我們送女兒出去，比人家逃兵役，總還說得過去——懂嗎？」（陳若曦，1984：318）對「外省人」吳道遠來說，臺灣是一個不可能長久維持現狀、隨時會「陷入共匪魔掌」的孤島。他自比「人質」，留在臺灣等待妻女拿到綠卡，然後把他救出臺灣。他這樣說：「就是人質。聽著，阿貞，你千萬不可冒冒失失跑回來。好好看管女兒，看著她申請大學。等領到了綠卡，立刻動手給我申請。我拿到了馬上飛過來，那時一家就團圓了，懂嗎？」（陳若曦，1984：186）吳道遠的「恐共病」使妻子廖淑貞被安排去美國陪女兒讀書，在醫生家裡幫傭。這期間醫生的妻子心理不正常，動不動就拿淑貞出氣，醫生又有意調戲她，使她不得安寧。同時淑貞也遇見一位訪美的大陸學人，產生情愫。但正當她內疚之際，卻在回臺後赫然發現，自己的先生早已另有外室，而且兒子已上小學。吳道遠說：「對於我，臺灣從來不是久留之地，這就是我為什麼要去美國——我們一家去美國的原因。那個女人的事只是偶合……」（陳若曦，1984：343）廖淑貞拒絕收養他的兒子，開始對整個移民美國的做法感到荒誕，家人分散了，女兒交了美國男友、自己在美國成了臺傭，而丈夫公然在臺灣另組家庭。她慨然的說，美國的生活不是每個人都能適應的，這時吳道遠的反應是：

他不耐煩地把手一甩：「我聽夠了這種說法。你和我都讀過《南海血書》。我現在為你放棄了兒子，有一天我若不幸要當海上難民，那是你的責任——你的良心所在！」

說完，他凜然轉身走開。

（陳若曦，1984：345）

這裡，陳若曦毫不手軟地把吳道遠這位典型「外省臺灣過客」的自私猙獰面目寫活了，寫得令人髮指。自私的男人，是陳若曦小說中女性人物出場的必然背景。吳達芸教授〈自主與成全——論陳若曦小說中的女性意識〉一文精密的分析了陳若曦小說的女性人物特質，她指出陳若曦的作品中，幾乎找不到「禍水」的女性，禍水的男性卻不少，（吳達芸，1988：108；陳若曦，1993：277）可謂一針見血。

短篇小說〈女兒的家〉裡，女主角賴惠馨對父親一向逆來順受，20年照顧爸爸，到了老父亡故，墓碑上卻刻不上自己的名字，就因為臺灣習俗，嫁出的女兒已非賴家人。這時惠馨才大澈大悟：「她漸漸明白了，何以女兒們一出國就不想回來，原來臺灣不是女人待的地方呀！」（陳若曦，1998：156）陳若曦在這本書的序文

〈自序：女人依靠什麼〉裡寫道：「從無法可依到有法不依，可見
女人真正能依靠的就是自己。依靠自己的覺悟和堅持，依靠包容、
愛心和耐心；尤其要自食其力。思想覺悟並非一蹴而就，仍有賴自
身的摸索和社會教育，而同儕的攙扶更不可或缺。」（陳若曦，
1998）在2000年出版的《完美丈夫的秘密》的序文〈走過二十世紀
婚姻——代序〉裡，陳若曦這樣寫道：

> 敢於離婚是我們這一代在男女平權征途上的里程碑，這都
> 拜臺灣教育機會均等之賜。學歷和文憑為女子開啟了就業
> 之門，而經濟自立又提升了人格的獨立和尊嚴，女人自是
> 勇於尋求自身的解放，也勇於追求理想。
>
> （陳若曦，2000a：14）

陳若曦給女性指引的出路除了勇敢走出婚姻，自食其力，用女
性的愛心和包容重建自己的生活之外，還把目光轉移到出家的女
眾。陳若曦在1966年奔赴社會主義新中國之時，想必沒有預料自己
在30年後會沉潛心念，轉而寫臺灣的比丘尼。女作家老來進入宗教
領域是極自然又平常的，至少在臺灣是如此，但是在陳若曦，就是
值得探討的轉變。畢竟，她和臺灣女作家之不同，就在於只有她才
真正知道什麼叫做共產主義式的婦女解放。大風大浪過來之後，陳

若曦回到故鄉臺灣，顯然看到臺灣的女性仍未解放，唯一讓她感到欣慰的赫然是看破紅塵決然棄家的比丘尼。「家」的意義，顯然已經由1981年〈求田問舍〉裡的「只是丈夫或孩子的所在地」，轉變成可以全然捨棄的身外物。在《慧心蓮》裡，為情所困的杜美慧出家變成大澈大悟的比丘尼，法名承依，陳若曦這樣形容出家後的女子：

> 出了家的女兒如今言談間流露的是明快和果斷，卻又那麼溫和恬淡，不強求也不執著。最奇妙的是，她這份恬淡的情懷竟能通過電話傳過來，讓我心裡一陣平靜和安慰，覺得萬事都有安排，一切可以隨遇而安。
>
> （陳若曦，2000：105）

此時如果回顧陳若曦1961年發表的短篇小說〈最後夜戲〉，歌仔戲演員金喜仔愛上流氓、染上毒癮、生下私生子，又帶著孩子在戲班裡討生活，那種充滿濃烈的人間情慾罪惡的不可自拔，再看看這裡近40年後同樣的陳若曦寫比丘尼的看破一切，她的驚人轉變赫然可見。陳若曦為什麼寫出家眾呢？這和她一度接受慈濟編務工作有關。在2001年陳若曦接受莊智專訪時說：「我是一九九五年閏八月回來臺灣的，回來之前就決定將我的人生奉獻給我的家鄉，走佛教的道路。」（莊智，2001）她並且細訴會以比丘尼為題材寫小說

的經過，其文如下：

> 回到臺灣後，面臨找工作等問題，很多事情我都看淡
> 看破，發覺佛教很適合我。
>
> 當時有兩個工作機會，一个是佛光山的《普門雜誌》
> 和慈濟原本想編的刊物两个工作，我選了後者，但因九二
> 一地震而停辦。接觸慈濟後寫了一本《慈濟人間味》，認
> 識江燦騰先生後，他知道我在寫小說，建議我寫本與佛教
> 有關的小說。他開了許多佛教書籍給我，這當中也有人進
> 了佛教後感受到很大的幻滅，找我寫故事，她曾受到騷
> 擾，前年這個朋友去世，我曾答應她把故事寫出來，就想
> 寫個佛教故事。
>
> （莊智，2001）

再往前追溯，陳若曦竟然在更早以前就顯現出對佛教的領悟。
白先勇1977年寫於加州的〈烏托邦的追尋與幻滅〉裡有這樣的話：

> 有一天下午，在海濱，我們談話，陳若曦突然提到佛家哲
> 學，有一切皆空的感覺。我說一個人經過大變動容易生這
> 種念頭。她黯然道：「我現在才了悟，佛家的大慈大悲，

實在是很有道理的。」大陸人民經過文革這場浩劫,大概
只有我佛慈悲才能渡化吧。

(陳若曦,2005:28-29)

從臺灣出發,從寫中下階層女性的強烈人間情慾愛恨,到寫中
國大陸解放婦女的潑辣,到寫在美國為了綠卡不惜一切的行動派華
人女性,到寫一味崇拜丈夫而落得成為下堂婦的臺灣賢妻良母,到
寫一反當小老婆命運而出家的臺灣比丘尼,陳若曦筆下的女性繞了
一個大彎,卻回到了一個最最傳統的解決辦法——看破紅塵。[4]女
性議題,仍然懸在半空中無解。

遍尋桃花源

2001年,陳若曦在一個專訪裡被問到漂流過程在尋找什麼,她
明快的回答:「尋找桃花源啊!後來發現沒有現成的桃花源,因為

---

[4] 關於陳若曦佛教小說的研究,參閱丁敏。〈陳若曦佛教小說中女性形象與
主題意識——以《慧心蓮》、《重返桃花源》為探討〉。佛教弘誓學院第
三屆「印順導師思想之理論與實踐學術研討會」會議論文。見佛教弘誓學
院網站http://www.hongshi.org.tw/mentor/home.html。

桃花源就在自己腳底下，想想臺灣要山有山，要海有海，多麼美麗的地方！我下一本書《戀戀桃花源》（暫定）寫的就是埔里的事情。」（莊智，2001）果不其然，次年她出版的小說是以埔里為背景的《重返桃花源》。

　　必然是找尋桃花源，否則，臺灣少女陳若曦怎會大半生各處漂流？1966至1973在中國，然後是加拿大，1979年開始轉居美國加州，1994年到香港，1995年返臺。陳若曦的桃花源從一開始就是一個打破階級的均富社會主義世界，而在國家認同上，她早期的理想主義中包含她對「大中國」的欣羨和依附。這也反映當時中國向世界發送某種泱泱大國宣傳的成效。臺灣作為中華民國無法在國際上耀武揚威，比較1895到1945的50年受日本殖民統治，比較接受國民黨接管臺灣以來的戒嚴統治，她寧可選擇民族感情的中國。她這種對中國的認同還包含攀附中國、依附一片形勢大好的共產主義天堂的心態。陳若曦筆下熱愛大中國的青年男女，歡欣鼓舞躍入中國這個社會主義桃花源。然而，平靜祥和是陶淵明的桃花源，中國卻絕不是這樣，相反地，它不斷有政治運動，喧天動地的群眾遊行革命鬥爭，大陸人可能認了，逃不掉。臺灣去的知識份子呢？留下來，是不歸路，50年後都可以午夜夢迴冷汗一身的生命荒誕，一如某些1949年來到臺灣而就此定居的大陸人。離開，是自己給自己打嘴巴，終身貼上雙重背叛的標籤。接著來的，更是不可避免的無根命

運。陳若曦必然知道,當她離開中國,她已無緣再找到一個自己少年夢想的桃花源。陳若曦無疑是勇敢的!

在九〇年代臺灣本土意識響徹雲霄之際,陳若曦堅持反對一味的「本土化」。這表現出她對自己堅守立場的忠貞,和她一貫秉持的知識份子風格。對她來說,文化和宗教必須是大眾的,必須是不分地域的,一如創作的語言必須是國語,或者說普通話,而非臺語。就最敏感的臺灣人身分來說,陳若曦無疑是跨越出自身領域的,她始終保持知識份子的高度和客觀。

陳若曦畢竟回到了故鄉,也紮根土地。她知識份子的血液裡有文人對桃花源的頑強依附,一種註定永恆敗北的追尋。歷來讀書人窮畢生精力「避秦亂」,但是,他們真正的獻身、交付生命、對土地的死忠熱愛卻往往這樣吝嗇。他們明明知道人間根本沒有這個桃花源,卻不願屈身俯就濁世,自古至今,讀書人的桃花源是空中樓閣、是牡丹亭、是斗室、是醉鄉甚至溫柔鄉。但陳若曦竟然始終是極實際的,無論她會見蔣經國和胡耀邦是否真為民主和人權作出貢獻,知識份子陳若曦的桃花源向來就在人間,不在古代;它是真實的、土地的,它甚至是醜陋的,但它從不是虛幻的架空王國。正因此,臺灣女子陳若曦敢於進入中國是極大的勇氣,而她敢於隻身回到故鄉是更大的勇氣。

1978年,作家陳若曦獲得吳三連文藝獎,評定書上有這樣的

文字：

陳若曦女士根據親身體驗，以深入的刻劃，準確的表達，
道出大陸苦難同胞的真實故事，自民國六十三年在香港民
報月刊發表並在臺出版《尹縣長》以來，她的每篇新作，
都替中共揭開一個新瘡疤，使之不僅顯現出醜惡的面貌，
而且暴露出邪惡的心態，誠如紐約時報書評所說：「陳若
曦作品的主題，就是我們這個世紀的主題。它是廣大人民
與獨裁政權之間的衝突。作品描繪中國大陸被籠罩在政治
意識的濃雲密霧之中，惡毒的流言，冷酷的暴力，摧殘了
人與人的愛、友情和信任。政權的巨掌伸進了鄰居、情
侶、以至父母子女之間。偏執狂的幽靈，驅策著人性。」
本年英譯《尹縣長及其他》問世（美國印地安那大學出
版），獲得國際好評如潮，引發自由世界強烈而廣泛的共
鳴；其衝擊力的巨大、感染力的深遠，為我國現代文學大
放異彩。

（財團法人吳三連基金會，1978）

　　無疑，這將是作家陳若曦文學創作為人記憶的高峰。儘管陳若
曦本人一再強調，她不是反共作家、她絕不告洋狀，她之所以成就

國際名聲，卻正因為她符合這兩項國際歷史潮流。人生是荒誕的。

＊本篇原文收在〈歸：陳若曦遍尋桃花源〉。蔡振念主編。《臺灣近五十年台現代
小說論文集》。高雄：國立中山大學文學院暨人文社會科學中心，2007。頁177-
198。

引用書目

陳若曦，1976。《陳若曦自選集》。臺北：聯經。

_____，1978。《文革雜憶》第一集。臺北：洪範。

_____，1978a。《歸》。臺北：聯合報社。

_____，1981。《生活隨筆》。臺北：時報。

_____，1983。《突圍》。臺北：聯合報社。

_____，1983a。《城裡城外》。臺北：時報。

_____，1984。《遠見》。臺北：遠景出版社。

_____，1993。《陳若曦集》。臺北：前衛。

_____，1996。《我們那一代台大人》。臺北縣板橋市：臺北縣立文化中心。

_____，1998。《女兒的家》。臺北：探索文化。

_____，1999。《歸去來》。臺北：探索文化。

_____，1999a。《打造桃花源》。臺北：台明文化。

_____，2000。《慧心蓮》。臺北：九歌出版社。

_____，2000a。《完美丈夫的秘密》。臺北：九歌出版社。

_____，2002。《重返桃花源》。臺北：草根出版。

_____，2005。《尹縣長》。臺北：九歌出版社。

白先勇，2001。《昔我往矣：白先勇自選集》。香港：天地圖書公司。

李文冰，1998。〈當一切雲淡風輕──作家陳若曦專訪〉。《幼獅文藝》
　　（1998年5月）：14-19。

夏志清，1974。〈陳若曦的小說〉。收在陳若曦。《陳若曦自選集》。臺
　　北：聯經，1976。

江寶釵，1994。江寶釵博士論文《論〈現代文學〉女性小說家：從一個女
　　性主題出發》。臺灣文學研究工作室網站http://ws.twl.ncku.edu.tw。

莊智，2001。〈倦鳥歸巢，再探原鄉──專訪陳若曦〉。2001年11月07日
　　14:57:10網易社區網站 www.163.com。

呂正惠，1988。〈徬徨回歸線──陳若曦小說中的政治三角關係〉。《文
　　星》（1988年2月）：88-94。

簡政珍，1999。〈陳若曦：回歸與放逐的辯證〉《中興大學文史學報》29
　　（1999年6月）：49-72。

葉石濤，1984。〈從憧憬、幻滅到徬徨──談陳若曦文學的三個階段〉。
　　原載《自立晚報》1984年6月11-12日。收在陳若曦。《陳若曦集》。
　　臺北：前衛，1993，頁241-256。

吳達芸，1988。〈自主與成全──論陳若曦小說中的女性意識〉《文星》
　　（1988年2月）：100-108。收在陳若曦。《陳若曦集》。臺北：前
　　衛，1993，頁257-280。

郝譽翔，1999。〈筆，是她的劍──閱讀陳若曦〉。《幼獅文藝》（1999
　　年10月）：48-51。

財團法人吳三連基金會，1978。財團法人吳三連基金會網站http://www.
　　wusanlien.org.tw。

讀六〇年代的季季

　　季季（1945-　　）是一位實力派作家。[1]19歲進入臺北文壇，至今仍然寫作不輟。[2]有長長的近30年（1977-2004），她任職報社副

---

[1]　這是隱地的說法，可謂中肯：「從十七歲的文學少女，到目前成為文壇的實力派，她的書一本寫得比一本好，」隱地同時也說：「季季是海洋中一塊永不屈服的岩石，驚濤拍浪，使得她更加傲岸。見隱地，〈作家與書的故事〉，《新書月刊》5（1984年2月）：70-71。

[2]　傳記作家夏祖麗提到，季季初二以後就開始投稿，她常常投稿給臺灣新聞報的「學校生活」版，主編田邦福替她取了一個筆名叫「姬姬」。「季季」這個筆名就是從「姬姬」來的。見夏祖麗，〈季季的昨日、今日與明日〉，季季，《夜歌》（臺北：爾雅出版社，1976），頁199-200。季季高一以後常發表新詩、散文、小說，刊登在《野風》、《亞洲文學》、《雲林青年》等雜誌上。第一篇小說〈小雙辮〉，發表於《虎女青年》第一期（1960年12月31日）。第四篇小說〈明天〉，1963年獲得《亞洲文學》小說徵文第一名。1963年7月高中畢業，參加救國團文藝寫作研究隊而放棄大學聯考。文藝營結訓時，小說〈兩朵隔牆花〉獲得小說創作組首獎，發表於《幼獅文藝》。這時，季季自覺要走文學創作這條路。季季出版的小說集包括：《屬於十七歲的》。臺北：皇冠出版社，1966、《誰是

刊,她所謂「為他人作嫁」的生涯,那段時間她也編輯了不少精彩的年度小說選。[3]2004年5月開始,在《中國時報》人間副刊寫「三少四壯集」專欄,《寫給你的故事》2005年出版。同年轉任《印刻文學生活誌》,寫「行走的樹」專欄,推出令人驚豔的作品。

最後的玫瑰》。臺北:水牛出版社,1968、《月亮的背面》。臺北:大地出版社,1973、《季季自選集》。臺北:文豪出版社,1976、《蝶舞》。臺北:皇冠出版社,1976、《拾玉鐲》。臺北:慧龍出版社,1976、《誰開生命的玩笑》。臺北:皇冠出版社,1978、《異鄉之死》。臺北:大地出版社,1978、《澀果》。臺北:爾雅出版社,1979、《季季集》。臺北:前衛出版社,1993等。長篇小說有《我不要哭》。臺北:皇冠出版社,1970、《我的故事》。臺北:皇冠出版社,1975。散文集有《夜歌》。臺北:爾雅出版社,1976、《攝氏20-25度》。臺北:爾雅出版社,1987、《寫給你的故事》。臺北:印刻,2005、《行走的樹》。臺北:印刻,2006、《我的湖》。臺北:印刻,2008等。另有傳記作品:季季、張子靜合著。《我的姐姐張愛玲》。臺北:時報出版公司,1996、《休戀逝水——顧正秋回憶錄》。臺北:時報出版公司,1997等。

[3] 季季主編的年度小說選包括《六十五年短篇小說選》。臺北:書評書目社,1977、《六十五年短篇小說選》。臺北:爾雅出版社,1981、《六十八年短篇小說選》。臺北:書評書目社,1980、《六十八年短篇小說選》。臺北:爾雅出版社,1981、《七十五年短篇小說選》。臺北:爾雅出版社,1986、《七十六年短篇小說選》。臺北:爾雅出版社,1987、《97年小說選》。臺北:九歌出版社,2009等。

　　在《行走的樹》中，季季稱「讓事實說話」，（李麗敏，
2007：277）她寫出了一個六〇年代文壇樣貌，特別是她的前夫
楊蔚（1928-2004）。楊蔚，大家可能淡忘了，只是依稀記得「何
索」，這個曾經轟動文壇的名字。[4]在季季筆下，溫婉仍有情義
的，她寫出了楊蔚這位共產黨員（匪諜）1968年告發陳映真、邱延
亮等人的「民主臺灣聯盟」案，和楊蔚的賭博、家暴，種種不堪行
徑。季季說：「在寫『行走的樹』專欄期間，寫到我與前夫及陳映
真、阿肥（丘延亮）等人的過往，常常邊寫邊流淚，感傷年輕的自

---

[4]　楊蔚的作品相當多，早期有小說集《跪向升起的月亮》。臺北：水牛出
　　版社，1968。並有報導文學類作品如《寂寞的獅子　胡適先生的感情世
　　界》。臺北：香草山出版社，1977、《雄渾的手勢　李抱忱博士的音樂世
　　界》。臺北：多元文化事業公司，1979、《向現代開拓》。臺北：時報
　　文化事業有限公司，1980等。1976年以「何索」為筆名出版作品，包括
　　《無冤錄》。臺北：聯亞出版社，1976、《何索打擊》。臺北：遠景出版
　　社，1976、《何索震盪》。臺北：遠景出版社，1976、《浮浪生活》。
　　臺北：聯亞出版社，1977、《何索狂想》。臺北：九歌出版社，1978、
　　《婚姻狂想曲》。臺北：九歌出版社，1980、《女孩‧可愛》。臺北：九
　　歌出版社，1980、《男人永遠是輸家》。臺北：九歌出版社，1981等。
　　在《何索打擊》的〈後記〉裡，何索稱自己的作品是：「我從去年十二月
　　起，開始以『何索』筆名寫作。我的文字的公式是：『幽默+荒誕+倒楣=
　　何索』。」見《何索打擊》（臺北：遠景，1976），頁193。

己，一個天真的鄉下姑娘來到臺北這個大城後，竟然遭遇了那麼複雜而艱辛的挫折。」（李麗敏，2007：277）

同時，季季在數十年後，為自己的人生找出了一條線索，那就是早年叛逆的強壯野馬，到經歷婚姻失敗的浴火鳳凰，死而復生的頑強岩石。重複出現在她散文作品裡的文字就是「置之死地而後生」。〈黃昏之二 落日〉一文：

> 而在我底內心遭逢大悲痛的時刻，我甚至將落日視為一種置之死地而後生的過程。對我來說，任何一種置之死地而後生的過程，都飽含著淒涼有力的美感和悲壯感人的成分。它是一種最實際而且最激底的人世體驗。古來有多少英雄豪傑，曾經仰仗它底力量，造就了一世的功業。我不是英雄豪傑，亦從未想要成就什麼豐功偉業；我只是在塵世裡，不幸比別人遭遇更多的挫折，因而有幸一次又一次的領受那天地間互古不變的玄機。在許多惘然困頓的日子裡，我特別感受到那玄機的魅力和鼓舞。一次又一次的體驗，我終能透悟，世間並無絕對而激底的死。火中化出的鳳凰，從屍身上蠕動而出的蛆，都只是一種過程；一種生死交割的體驗。

（季季，1976：130-131）

　　季季已然成功。楊蔚1976年「何索震盪」大賣，但是不久之後，仍然消失文壇，最終在巴里島鬱鬱以終。儘管他到了70多歲還結婚生子，娶了一位20出頭的印尼女子，[5]但是，這是他對自己的終極期許嗎？也就是說，楊蔚一生是個丑角，或者說，失敗者；而季季，堅定自己的位置，一直在臺灣文壇核心。關鍵的「民主臺灣聯盟」案，使得季季和楊蔚這對文壇夫妻婚姻破裂。季季不指控楊蔚被國民黨收買作線民，卻結論楊蔚是個無可救藥的共產黨；[6]她不偏袒丈夫，而為好友叫屈，顯現出一種大是大非的道德勇氣，以

---

[5]　楊蔚對年輕女子的喜好，在他的文字中非常鮮明。不僅是寫季季，而是所有這種年輕生命對於他的意義。這個20歲左右的女孩，就是楊蔚心裡永遠的女神。楊蔚似乎永遠在找青春，他永遠在用年輕無知好奇的小女孩的眼睛，填補自己的殘破人生。〈年輕的夢〉一文：「我們一生中有很多東西都可能追不到手，譬如名位、財富、安全……但是，把這些跟你所愛的那個女孩來比，又算得了什麼？也許有人認為我傻。但是，我是個中了毒的浪漫主義者，而且，我相信自己到死都不會改變。我為了愛會甩掉其他的一切！」「思思那年才廿一歲，有如一隻剛從孵化中覺醒的鳥兒，睜大著一雙充滿著驚奇和喜悅的眼睛，注視著面前這個新鮮的世界。」見何索。《女孩‧可愛》（臺北：九歌，1980），頁90。

[6]　〈暗夜之刀與《夥計》年代〉一文，季季有這樣一句話：「楊蔚為何不能從墮落裡爬出來？其中的分別，是因為他曾是一個被關了十年的共產黨嗎？」見《行走的樹》（臺北：印刻，2006），頁153-170，頁169。原載《印刻文學生活誌》35（2006年7月）。

及她對國民黨體制的忠誠。應鳳凰教授在〈誰開季季生命的玩笑
——評季季《行走的樹》〉一文中，精確點出季季的傷痕：「然而
我看到的我的丈夫，只是一個背叛的左派、奢靡的右派、虛無的頹
廢派。」（應鳳凰，2008：88）李奭學教授的〈何索震盪 評季季
《行走的樹——向傷痕告別》〉則提出：

> 當年民主臺灣聯盟為警總「破獲」的黑手，正是楊蔚
> 這個後來以何索名震一方的「告密者」。
> 　說來諷刺，楊蔚其實曾因共黨身份坐過警總的牢，卻
> 也因怕坐牢而出賣了待他如手足的左傾民主臺灣聯盟。匪
> 諜變國特，風骨是絲毫也沒有。
>
> （李奭學，2007：104）

但是這裡李奭學也質疑，何索「發跡」之後，季季陪他返回
山東老家「省親」，掩飾離婚已達34年的事實，這樣的「愛」與
「恨」，又是為何？他結論：《行走的樹》，沒有精神分析家所
稱「統一的自我」，季季的回憶是有選擇性的。（李奭學，2007：
105）如此透徹地看出季季的矛盾，的確，為什麼這般恨，還老來
結伴還鄉？為什麼傷痕這樣深，已經結痂，卻還要重訪？而且，筆
下仍有餘溫？這絕不只是「讓事實說話」、「回歸歷史」。在季季

回顧他們曾經走過的時代時，我們看到她無法放下的一些什麼。這就是本文將討論的主題。

這裡追溯的不是現今的季季，她的文學實力已經建立；這裡追溯的是當年，從雲林來到臺北的李瑞月，以及那個年代，臺北文壇的現象。尉天驄教授2011年出版新作《回首我們的時代》，在〈理想主義的蘋果樹 瑣記陳映真〉一文裡，這樣形容六〇年代：「五十年前的臺灣，在承受一九四九前後的大變亂和隨後而來的一片蕭殺的窒息之下，它給予人的感覺好像是一直活在陰濕的冬天，不知道什麼時候才能夠過完。」（尉天驄，2011：222）在這樣的蕭殺窒息之下，作家白先勇和王文興等人在學院中塑造精英的《現代文學》，歐陽子筆下的內心扭曲、白先勇寫出的上海金大班、王文興《家變》的逐出父親，這裡不論。本文討論的是，沒有進入學院，拒絕聯考的雲林才女李瑞月，她如何吸收現代主義？[7]如何以她的早慧天才進入臺北文壇？她這個時期作品的風格為何？以及，她為什麼後來轉入鄉土？

---

[7]　范銘如教授在〈臺灣現代主義女性小說〉一文中精闢提出，季季是一批現代主義女作家，如歐陽子、陳若曦、施叔青、李昂輩中，常被忽略的一位。季季出身中南部，卻沒有地方色彩。季季貼近西方現代主義都會風格，筆下的女性角色都是在都市廢墟中奔走、追尋的現代人。見范銘如，《衆裡尋她：臺灣女性小說縱論》（臺北：麥田出版，2002），頁79-109，頁103。

六○年代的季季

　　要談六○年代的季季，必須從幾個人說起，首先就是楊蔚。楊蔚，《聯合報》記者，在六○年代是臺灣前衛文化的核心，他的筆下寫出了《為現代畫搖旗的》、《這一代的旋律》，一群離經叛道的體制外畫家和音樂家。這些人的共同特點就是奔放、不受任何教條束縛。楊蔚〈激動與冷漠〉一文說：

　　　　我當年和這些年輕的藝術工作者交往，最令我感到敬佩的，是他們那份追求真理的精神。他們不顧任何阻難。雖千萬人吾往矣！這正是他們的寫照。

　　　　他們的步調都是大膽和充滿著勇氣的，為了求新、求變。有人在樂譜上完全拋棄小節的形式；有人在畫布上完全打破傳統的形象。有人不滿教育上的「填鴨」制度，從學校裡退出來；有人放棄更好的機會，而躲在只有兩席大的儲藏間裡作畫。

　　　　　　　　　　　　　　　　　　　　（楊蔚，1980：8）

　　這裡「有人不滿教育上的『填鴨』制度，從學校裡退出來」，就包括季季。也就是說，是這樣的反傳統反文化，使得這些人聚在一起。季季最早的筆友，舞蹈家林懷民，在1965年的〈「第一朵夕顏」的作者〉一文裡，說季季在寫作上具有凸出而不凡的靈魂。他這樣介紹季季：

　　　　民國三十四年出生的季季，近期的作品大都以心理描寫為
　　　　主，文中的主角常是與她本身性格和生活相距甚遠的人
　　　　物；如〈雨後〉（皇冠）中的中年婦人，〈崩〉（聯副）
　　　　中性無能的男主人翁；以及以人類心靈的衝突與兩性問題
　　　　的探討交織而成的主題，常令人疑起她的身份。至於這
　　　　是如何完成的？她說：「以我以為如何即如何的態度去完
　　　　成。」她豐富的想像力和對於她所瞭解及不解的事物的嘗
　　　　試大膽而赤裸裸的探討是可佩的。

　　　　　　　　　　　　　　　　　　　　　　　（林懷民，1965：18）

　　季季另一位老友，作家及出版家隱地，在〈讀季季的「假日與蘋果」〉裡說，這時對季季的作品沒有十足信心，擔心她冗長的句子，也覺得季季的小說很像一幅畫著死亡的現代畫。他建議季季寫點短稿寄到中央副刊去碰運氣，沒想到幾天後〈假日與蘋果〉在中

副以頭條刊登。他這樣說:

> 這就是季季所寫的〈假日與蘋果〉,沒有曲折的故事。沒
> 有勉強的主題。一般的主義和理論都不是季季所關心的。
> 在這裡,季季表現出了她那明顯而不同凡響的個性。〈情
> 婦〉以及〈檸檬水與玫瑰〉也有這個特點。那段日子,季
> 季常常嘴裡嚼著口香糖,手裡帶一隻亂七八糟的塞滿著筆
> 記本、公共汽車行程表、匯票、車票、硬幣、小說、衛生
> 紙、名信片、郵票……的藤製手提包東晃西蕩,公園、花
> 店、鐵路餐廳……都是她尋找題材的地方,她自己也說:
> 「我必須到處走,才能寫出東西來。」她早期的作品,幾
> 乎都是「走」來的靈感。

(隱地,1965:17)

　　季季自己呢?她說:「我到臺北後才開始讀到沙林傑的《麥田
捕手》,沙岡的《日安憂鬱》,卡繆的《異鄉人》,海明威的《在
我們的時代裡》等現代作家的作品,眼界大開,在表現手法上可能
無形中受到一些影響吧?」(李麗敏,2007:274) 1978年8月25日
和王津平、梁景峰兩位討論文學創作,談及早期小說,季季自白:
「1我的年齡是那樣,2當時的社會是那樣。1961-1966之間,我們很

流行看存在主義的小說，存在主義的電影，聽『世界末日』的流行
歌曲，都讓人覺得生命是有點浪漫而無可奈何的東西。」（花村，
1978：199）季季這個時期的創作信念顯然是現代主義，或者說她
所理解的存在主義的。這個時候，文藝青年聚集「明星咖啡屋」，
聽Bob Dylan和Joan Baez反越戰歌曲的年代。季季好友林懷民早年的
作品《蟬》，正寫出了他們那時的生活態度和時代氛圍。而楊蔚，
當時是陳映真、邱延亮、吳耀忠等人的「大哥」。也就是說，19歲
到26歲的季季，自覺或不自覺，正生存在臺北前衛、現代、左派的
核心。她絕非鄉土。

　　季季曾說，從情感的角度說，她的小說集中「最喜歡」的仍是
第一本《屬於十七歲的》。（李麗敏，2007）在這個小說集裡，我
們看到莎崗的影子，一個縱情生命，遊戲人間的頹廢女孩。莎崗的
名言就是：「我不尋索安全，我甚至不知道是否喜歡安全。」「我
企求強烈的生活，但我知道強烈的生活不能持久，所以我們必須
集合一切的力量使之持久。」（蔡丹冶，1970）同時，卡繆《異鄉
人》裡，只有今天沒有明天，判了死刑，在監獄的牆上找不到耶穌
的臉，「也許有一陣子我想在上面找一張面孔，但那是一張有陽
光色澤，燃著情欲之火的面孔，那是梅莉的面孔」（阿貝爾·卡
繆，1987：119），這個看到陽光般情欲的人，也每每出現。在季
季的筆下，陽光、沐浴在陽光中，就是sex。例如〈汽水與煙〉裡

的莫老師和螺螺，新婚後因為莫老師發現螺裸並非處女，彼此有了隔閡，螺螺常常夜遊，逃離丈夫。這裡她就說：「我要的太陽不是白天的太陽。」（季季，1966：72）〈死了的港〉裡，「她」在歐仔的懷中，得到熱情回應，「以前的黯淡日子現在被燦爛明媚的陽光照亮了，她浴在那陽光裡，滿足而陶醉了。」（季季，1978：209）季季的《屬於十七歲的》，雖然有〈檸檬水與玫瑰〉、〈沒有感覺的感覺〉、〈汽水與煙〉、〈舞臺〉、〈塑膠葫蘆〉、〈情婦〉、〈紅色戰役〉、〈假日與蘋果〉、〈崩〉、〈口香糖〉、〈一把青花花的豆子〉、〈雨後〉、〈花串〉、〈來自荒塚的腳步〉、〈午日〉、〈擁抱我們的草原〉、〈褐色念珠〉、〈屬於十七歲的〉，這麼多不同故事和不同人物，但是縈繞不休的主題，仍然是「愛與死」，以及虛無。

我們來看看季季寫的愛情和虛無。季季筆下的愛情：〈午日〉裡，將死的女人，午睡醒來男人來看她，為她泡一杯桔子水，為她打針，問她是否願意和他結婚。女人不答應，男人就拼命抽煙，女人搶過煙來，男人打她耳光。然後，他把她攬在懷裡吻她，叫她小名，梳玩她的長髮。小說最終：「我們就這樣靜靜的、愉悅的渡著我們的午日，享受著我們的午日——不僅僅是今天，還有今天以後的每一天；我死亡以前的每一天！」（季季，1966：252）愛與死，鮮明呈現。〈杯底的臉〉裡，阿富和曉林互相吸引誘惑，男方

進入女方房內，看到瀑布畫片引發激情，一切平靜後，曉林注視阿富的臉，卻感到極度的陌生。（季季，1976a：199）性，只是一個彼此慰藉的遊戲，人與人之間沒有溝通的可能。

季季寫臺北的虛無：〈塑膠葫蘆〉，就是汽球，存在就如汽球，沒有重量。「也許，所有我們想得到的，都已支離破碎，已然早就只是一個汽球。實際上，我們都無法保持一份永恆的完整。在她的生命裡，或許我真的只是一個汽球。她在我的生命裡，我也只好把她說成汽球了。除了這樣，我沒辦法找出更好的解釋來說明我們相互的存在價值。」（季季，1976a：114）〈尋找一條河〉裡的自白：

> 哦，只是昨日，我還呼吸著那裡的空氣，還坐在煙霧彌漫的咖啡間，聽著一些堂皇的交響樂或俚俗的小品，看著燈籠似的吊燈，和一群朋友們聊著什麼存在主義、什麼嬉痞運動、什麼新表現派電影，並且批評掛在牆上展覽的什麼抽象畫，空泛地吹擂著什麼未來的志向，比較著某人某人得到國外獎學金的多寡。
>
> （季季，1993：34）

　　愛情和死亡，存在和虛無，正是季季六〇年代小說的基調。文學大家葉石濤這樣歸類季季這個時期的作品：

> 屬於第四個小說群的小說，大都是季季早期所寫的，收入於《屬於十七歲的》這本書裡。季季大約是在一種時代潮流的感染之下寫的，所以頗有「西化」的慘痕。在這些小說裡，季季以尖銳的感覺記錄了早熟的少女心理的陰影，同時顯露出她寫作天才的萌芽。這些小說有些帶著虛無漂泊的色彩，有些是任性的幻想；然而在極端西化的小說手法中，我們仍能看出她的「夙慧」；那便是觀察現實真實情況時的無情的眼光。
>
> 　　　　　　　　　　　　　　　（葉石濤，1978：220）

　　這些具有虛無漂泊的色彩的小說，多半是在明星咖啡屋的三樓寫成。除了想像，此時作品也有大量的自傳色彩，我們可以在〈沒有感覺是什麼感覺〉、〈就是寂寞〉等作中找出她自己的人生軌跡。〈只有寂寞的心〉裡的阿濱和阿婉：

> 　　一九六六年，五月的第一個週末。
>
> 　　下午三點。

Astoria麵包店三樓的咖啡室。

沒有冷氣,立著的電扇呼呼地轉著。

阿濱喝了半杯檸檬水之後,匆匆地步下木造樓梯,到美而廉去參加一個他想去而不能不去的集會。

阿濱是個三十五歲的男人,戴眼鏡,留平頭。他是東北人,身材高大,有兩個小眼睛和一個很男性化的北方人下巴。走路快而腳步穩重,已有了中年人常見的突起的腹部。

(季季,1968:31)

阿婉就是這樣一個仁慈的、有憐憫心的,因而顯得有點不自量力的女人。她是善良而單純的,同時她是智慧而且觸覺敏銳的。她身上所有這些特徵的綜合,觸引了阿濱對她的瘋狂的愛。

(季季,1968:33)

〈夏日啊!什麼是您最後的玫瑰?〉裡的駱駝和綠泥:

我在嘈雜的聲音中回憶起我們的舞蹈,沒有音樂和規則的舞步,正像兩匹在森林裡奔跑的野馬,那是我和駱駝在一

起的時日裡，真正快樂沒有痛苦的時光，然後，沒有多
久，一切都改變了，一種不可想像的憤怒和嫉妒，是我們
日後生活裡的一道洶湧不斷的主流，我們終於被這主流沖
散了，淹沒了，快樂是那麼短暫，駱駝，我不後悔對自己
的神座發誓，只後悔自己的眼光太銳利，後悔自己的神經
質，把一些與我們的感情毫無關係的瑣碎事情吸收進來，
使我們之間的愛，遂因著它的腐蝕而變成一隻好不起來了
的酸蘋果。

（季季，1968：120-121）

　　塑造季季六〇年代創作主軸的另一個影響力就是出版家平鑫
濤。平鑫濤1954年創辦《皇冠》雜誌，本是音樂小刊物，後來以連
載長篇愛情小說而暢銷，前後有瓊瑤、三毛等極受歡迎的台柱作
家。平鑫濤1963年開始編輯《聯合報》副刊，一直到1976年，這長
長的20多年，除了軍中文藝、反共懷鄉、《現代文學》、《文學》
季刊、《純文學》等文學流派，臺灣通俗文化的主流，就是平鑫濤
創造的品牌「戀愛」，歷久不衰又永不觸犯禁忌的題材。季季1964
年6月19日和平鑫濤簽訂5年基本作家合約，文字交《皇冠》，作品
也多在《聯合報》副刊發表，1964到1977年，季季是一位靠賣文
為生的職業作家。當然，她這時的作品也反映了編輯的喜好。

　　無論是寫作還是實際人生，愛情、一種忘我的投入、「混合」，以及存在主義式的絕望，是這個時期的核心精神，甚至是浪漫宣言。季季和楊蔚1965年5月9日，也是楊蔚37歲生日，在鷺鷥潭畔的野外婚禮，是《皇冠》作家們一同見證的浪漫高峰。他們的「結婚進行曲」，刊載於1965年6月的《皇冠》。見證人包括王令嫻、王葆生、朱西寧、冰凝、李牧華、桑品載、桂漢章、張時、鄧文來、蔡文甫、劉慕沙、林懷民、段彩華、康白、張菱舲、楊青等。新娘季季寫出的心聲〈沉默已久的世界〉：

> 　　揚起酒杯，再一次喝他遞到我唇邊的草莓酒。似乎，這一生我就喝定了這一杯。
> 　　讓我們科學一點說：混合罷！我們就要如此對飲千杯，向這個短暫的人生祝賀。請不要把你的手拿走，你要記得，你一開始就為我端起酒杯（盛滿紫紅色的、甜甜的草莓酒），請永遠為我端那盛滿的一杯罷！像我也為你那樣：我們已經喝了交杯酒；已經步出那個沉默已久的世界。我們的世界只有一個。
>
> 　　　　　　　　　　　　　　　　　　（季季，1965：99）

新郎楊蔚的〈復活，在鷺鷥潭邊〉：

　　實在並不為什麼。在生活中，我們都是不知死亡過多少次的人。我記得十幾年前我的一個所謂上司跟我這樣說：「你怎麼啦，我們待你不薄呀！」那一句話，使我在墳墓中躺了十年。後來有一個女孩跟我說：「我這麼愛你，你不會辜負我吧！」這一句話，又硬把我逼進了一個荒涼而孤寂的墳墓裡。

　　我們為什麼？真他媽的。

　　五月九日下午一時，我赤著腳，跟季季並肩站在鷺鷥潭邊，接受大家祝福，那是我這麼多年從墳墓中爬出來復活的一次。

（楊蔚，1965：104）

　　除非，當事人當時就知道這是炒作刊物的手法，否則，我們必須相信，他們的浪漫愛情是真的，一如楊蔚一再宣稱自己是「不可救藥的浪漫主義者」。[8]

8　我們在楊蔚（何索）的許多文章，如〈寫作機器的告白（後記）〉，《何索狂想》（臺北：九歌，1978），頁219-224、〈年輕的夢〉，《女孩·可愛》（臺北：九歌，1980），頁89-100等文中，不斷看到他重複宣稱自

　　然而，那樣絕望的投入愛情，風光的野外婚禮，絕配的現代前
衛佳偶，為什麼季季和楊蔚的愛情變調了呢？楊蔚1980年〈激動與
冷漠──一個苦澀的回顧〉一文，同樣寫「烤牛宴」，[9]讀來鏗鏘
有聲：

　　　　一晃，十五年過去了。

　　　　而如今回首前塵，當我執筆寫這篇回憶的文字時，我
　　不時激動得站起來，又不時沮喪的坐下去。我從他們聯想
　　到自己。我給自己種的是胡瓜，長出來的卻是茄子。荒謬
　　啊！便禁不住對自己突然發出一股怒意……

　　　　　　　　　　　　　　　　　　　　　（何索，1980：157）

　　　　一條只有十多斤的小牛，我大概搶到一塊骨頭和半碗
　　肉湯。餓著肚子，又聊了通宵。所有認識的，或者不認識
　　的朋友都來了。文學的、繪畫的、音樂的、舞蹈的、電影
　　的……主辦人是康白，他那時寫影評讓人迷得發瘋，如今

己是浪漫主義者。
9　季季有〈烤小牛之夜〉一文，見《行走的樹》，頁89-104。原載《印刻文
　　學生活誌》31（2006年3月）。

卻在拍武俠片。在我的記憶中,那是一個高潮。然後,也不知為了什麼,便突然沉寂下來了。

激動過去了。

(何索,1980:170)

十五年了!當年那些朋友,有人還把我當朋友、有人把我當敵人,也有人把我看成一堆渣滓。忽然間,大家彼此開始以世俗的標準來衡量和判斷對方的一切。人漸漸老了,城府越來越深,新朋友也交不上了。如今我孤獨的困居陋室,靠著寫一些通俗的故事謀生,倒真的是一堆渣滓!

(何索,1980:171)

「一堆渣滓」,正是「艾梅」對「何索」的評價。季季在〈蛇辮與傘〉一文中,也清楚指出兩人的分歧:「我最不能忍受的傷害,大概就是他今天主義的生活態度。他總是揮霍每一個今天,而說明天是一種未知;甚至說明天是不可能到來的。」(季季,1973:56)如此,我們追溯出,六〇年代沒有明天只有今天的存在主義精神,經不起生活的磨損,到了七〇年代,變成了不負責任的墮落。浪漫的愛與死,變成無止盡的折磨。季季一生是一則寓言,臺灣鄉下姑娘,碰到大陸浪人,只有痛苦,因為她不是和他一樣的浪人。

我們好奇的是，楊蔚，其實不在文字中指責季季。他的「何索」系列裡的艾梅，有季季的影子，但是，也不是直接攻擊，反倒是一種自我嘲諷。其實，他一直寫季季好。〈何索供狀〉一文：

> 我和艾梅初識時，她剛從南部到臺北來，住在近郊一間小屋裡，埋頭寫作。她那時還保留著學生時代的外貌——短髮、白衫、藍裙，以及對事物天真的看法。在她筆下的人物，也常是一些十七、八歲的，喜歡唧唧喳喳歡叫的女孩——她自己的縮影；一個人跑到冬日的公園中享受片刻昂貴的陽光，坐在淡水河堤上談論無羈的愛情，或者對著破壞自然美的醜惡的挖石機大聲詛咒。這種象徵著從傳統枷梏中完全解脫了的人物，受到許多年青人的熱愛。她是浪漫的，再加上精確。你從她的作品中，會看到一些自己正在做，或者正想做，或者沒有勇氣去做的事情。
>
> （何索，1976：230-231）

〈飛啊！你〉一文，在批評了「小青」憑著美色攀附男人，其實是社會殘渣之後，楊蔚寫「小鳳」：「她自食其力，雖然只能維持最低的生活，但是她對自己和對整個社會，仍舊抱著堅定的希望。」（何索，1981：27）〈碎了再補的〉一文：

　　我們那時只有一張床，一個書桌，和幾本破書。吃飯都是坐在床沿上。何索啊，你發了瘋吧！你無緣無故的發脾氣，摔瓷器，傷了艾梅的心，還去喝啤酒逞英雄，你對得起這個跟你投資合夥的女人嗎？

　　我想哭了。我們為了編這個夢，耗過多少的心血啊！我們經常受到挫折，但由於兩人的同心協力，終於把困難一一克服。

　　這個夢！它破了又補，補了又破，可是我們從不灰心。啊，我一定要哭個痛快才行！艾梅走了，這個夢是再也編不成了。

（何索，1976：147）

　　楊蔚一直自知理虧，自知是個混蛋。若要為楊蔚辯護，王尚義〈向自然挑戰的人——海明威逝世一周年〉一文裡寫海明威筆下人物，可能正是他理想的性格指標：「海明威的書中角色都表現著在不同的環境中的超人行動，他們沒有善惡觀念，沒有神，沒有價值，沒有悲憫，沒有同情，只有力量，嚴酷，暴行，危險和戰爭」；（王尚義，1968：123）六〇年代的楊蔚，理想是浪漫和反文化，「烤牛宴」的那一群人，行為正符合了當時的現代和前衛。

愛、混合、存在當下、不向世俗標準妥協，是叛逆的一代。季季的
《屬於十七歲的》，正是這種精神的詮釋。就是要活得像卡繆的異
鄉人，像莎崗。當年「豪邁而略帶憂鬱氣質」的楊蔚[10]，其實正是
季季的夢想成真；而她，也正是楊蔚驚豔的類型。

　　季季1965年的小說〈擁抱我們的草原〉，強調臺灣的孩子都來
自那片草原、大草原是他們的根，充滿對大陸原鄉的熱情。進而想
用戰爭把紅流炸斷，重新擁抱草原，「反攻大陸」主題非常明確。
這篇小說是救國團青年節徵文入選作，16縣市團委會青年月刊同
時轉載。（季季，1976a：61-82；季季，1966：253-273）〈異鄉之
死〉裡，來自大陸原鄉的老師死後火葬，成了「異鄉人」的符號，
（季季，1976a：207-227）季季對1949年大陸來臺的人士稱異鄉
人，對他們充滿同情。季季把卡繆的異鄉人和大陸來臺的異鄉人，
劃了等號。她的散文作品〈一九八四年三月〉，寫一位融入家族的
大陸男人，文中感歎：「這樣的男人，這樣的背影，二十年我已經
看見太多了。」（季季，1987：71-91）季季的語調是溫軟的，「相
濡以沫」的態度始終不變。由此可見，季季和楊蔚最初的愛情，還
包括了擁抱來自草原的流離同胞，同根生的人們大團結的情緒，赫

---

[10]　這是季季在〈朱家餐廳俱樂部〉一文裡對楊蔚的形容，見《行走的樹》，
　　頁47。原載《印刻文學生活誌》27（2005年11月）。

然是陳映真〈將軍族〉式，本省外省情感結合，促成統一的理想。但是，理想終究破滅，幻想王國裡的英雄是柴米油鹽的低能兒，更是出賣兄弟的叛徒，傾注的愛情變成賭徒、賭債，和暴力相向。楊蔚顯然從頹廢滑入墮落，從風流跌入下流，他是個失敗者，季季必然了然於心。或許因此，多年之後，季季筆下仍有那麼一絲保留，看出她的溫厚。

季季再出發

曾經有過的臺北六〇年代，政治高壓，處處「匪諜」，愛情當全民鴉片。臺灣是只有今天沒有明天，異鄉人暫居的島，大家醉生夢死，刻意製造愛情夢幻，季季恰恰經歷了一切。但是，季季沒有繼續在架空閣樓中製造愛情神話，而是走入自己的土地，找尋救贖。季季早年的投入現代，和後來的寫鄉土，都以沉著的實力寫作，她的力道是一致的，就是「誠實」，這是她寫作的主要精神。正因此，她並不承認自己是「鄉土派」，因為，她確實不是。[11]可

---

11 季季在和王津平、梁景峰的談話中提到：「在民國五十八年左右，開始有人在文學批評裡說作家應該怎樣怎樣，所以我便看一些文藝理論、文評、書評、外國作家的作品研究，但到後來，我變成不會寫了，我所有的創作

以說季季是一個隨時變化的常青樹。她早慧,是個寫作的天才,然而,那種在明星閣樓裡想像出來的世界到底是有限的。後來,她的散文才見光彩。小說家一般不以散文為榮,但是,季季的長篇小說卻不能稱佳作;由小說轉入散文,季季必然有她的煎熬。[12]

　　我們看到,在季季卸下編輯職務後,她選擇了寫自己的六〇年代,在不斷篩選釐清的過程中,她其實是在重溫一個曾有的夢,那個夢,是六〇年代的臺灣文化氛圍,它必然是美的,否則,不會有季季嘔心的作品〈鷺鷥潭已經沒有了〉,那樣人間極至的美。也許,這就是她無法放下的一些什麼。楊蔚已矣。季季重拾自己的資本,土生土長、腳踏實地的鄉下人生活態度,在她,就是筆耕。多

需要被這些要求僵化了。所以我回復我一向的『自由寫作』原則,一個作家不是被要求什麼就能達到什麼;而是自己覺得必須付出什麼,對社會期望什麼,是發自內心的感情、真正的關切,那才真實。」見花村記錄,〈解剖季季的神話──季季作品討論的記錄〉〈季季作品研究專輯〉,《臺灣文藝》61(1978年12月):189-212,頁210。

[12] 張瑞芬教授提出,季季在1976年散文集《夜歌》結集出版時,承認自己先前寫了一些失敗的小說,意指《我的故事》。純粹靠想像力寫小說,顯然不足,她認為自己必須重新界定寫小說的態度,這也是後來轉向散文的原因。《夜歌》的結集出版,可以視為季季由小說轉向散文的里程碑。見張瑞芬,〈傾聽夜歌──論季季散文〉,《明道文藝》356(2005年11月):114-126,頁118。

年為他人做嫁之後，季季不妨重溫自己少年的風發才氣，再創作出
自己滿意的小說。

＊本篇縮簡版收在〈讀60年代的季季〉。《文訊》330（2013年4月）：28-33。

引用書目

季季，1965。〈沉默已久的世界〉。《皇冠》136（1965年6月）：98-
　　101。

_____，1966。《屬於十七歲的》。臺北：皇冠出版社。

_____，1968。《誰是最後的玫瑰》。臺北：水牛出版社。

_____，1973。《月亮的背面》。臺北：大地出版社。

_____，1976。《夜歌》。臺北：爾雅出版社。

_____，1976a。《季季自選集》，臺北：文豪出版社。

_____，1978。《異鄉之死》，臺北：大地版社。

_____，1987。《攝氏20-25度》。臺北：爾雅出版社。

_____，1993。《季季集》。臺北：前衛出版社。

_____，2006。《行走的樹》，臺北：印刻。

楊蔚，1965。〈復活，在鷺鷥潭邊〉。《皇冠》136（1965年6月）：101-
　　104。

_____，1980。《向現代開拓》。臺北：時報文化事業有限公司。

何索，1976。《何索震盪》。臺北：遠景出版社。

_____，1978。《何索狂想》。臺北：九歌出版社。

_____，1980。《女孩‧可愛》。臺北：九歌出版社。

_____，1980。《婚姻狂想曲》。臺北：九歌出版社。

_____，1981。《男人永遠是輸家》。臺北：九歌出版社。

隱地，1984。〈作家與書的故事〉。《新書月刊》5（1984年2月）：70-71。

李麗敏，2007。〈季季及其作品研究〉。國立政治大學中國文學系國文教學碩士班95學年度碩士學位論文。2007年1月。「季季訪問稿」。

應鳳凰，2008。〈誰開季季生命的玩笑──評季季《行走的樹》〉。《鹽分地帶文學》15（2008年4月）：87-88。

李奭學，2007。〈何索震盪　評季季《行走的樹──向傷痕告別》〉。《文訊》256（2007年2月）：104-105。

尉天驄，2011。《回首我們的時代》。臺北：印刻。

范銘如，2002。〈臺灣現代主義女性小說〉。收在范銘如。《眾裡尋她：臺灣女性小說縱論》。臺北：麥田出版，2002。頁79-109。

林懷民，1965。〈「第一朵夕顏」的作者〉。《自由青年》379（1965年2月1日）：18-19。

隱地，1965。〈讀季季的「假日與蘋果」〉。《自由青年》379（1965年2月1日）：16-17。

花村，1978。〈解剖季季的神話──季季作品討論的記錄〉。「季季作品研究專輯」。《臺灣文藝》61（1978年12月）：189-212。

蔡丹冶，1970。〈論莎崗〉。《中國時報》「人間副刊」。1970年9月25日。

阿貝爾‧卡繆，1987。《異鄉人》。臺北：金楓出版有限公司。

葉石濤，1978。〈季季論──臺灣婦女生活中的「詩與真實」──〉。「季季作品研究專輯」。《臺灣文藝》61（1978年12月）：213-222。

王尚義，1968。《野鴿子的黃昏》。臺北：水牛出版社。

張瑞芬，2005。〈傾聽夜歌──論季季散文〉。《明道文藝》356（2005
年11月）：114-126。

凝視龍應台：野火到大江大海

文化評論家龍應台（1952-　　）1987年的《野火集外集》裡，收錄劉春城〈送龍應台序〉一文，裡面有這樣的話：

　　咱們這兒也有不少女生作家很暢銷，她們謳歌生命的甜美，細品生活的滋味，好像一個節儉的女人啃一根大骨頭，抽骨吸髓也要把生命品嘗得吱吱價響一滴不剩，就是看不見骨頭以外的肢體全身。有時我真羨慕她們，生活滿意度竟如此之高，可以做調查物件的個案特例呢。

　　妳的有些英美文學同行的男生作家也差不多，他們狠下了鐵石心腸睜眼不看這個社會，只關心紐約啦、巴黎啦、愛荷華啦，要不然就是唐宋，卻無視於我們生活這塊土地以及目前的時空。我常常忍不住好奇，難道英文會害人脫離現實到這個地步？他們號稱的永恆藝術，總不免有點假假的感覺，也許我是鄉巴佬缺少見識，好在有妳的

　　書，讓我們覺得英美文學博士也可以不掉書袋，不要專有
　　名詞，同時又關心我們這一塊泥土，給我們增加一點信
　　心，龍應台，妳好可愛喲。

（龍應台，1987：308-309）

　　這裡，作者劉春城道出許多人的想法，學者教授龍應台，選擇
以直接的評論寫出她對臺灣社會的關懷，不風花雪月、不紐約巴
黎、不唐宋八家，她寫出大家看得懂、親身體會，而且令人熱血沸
騰的好文。

　　是這樣的龍應台，在臺灣掀起熊熊社會批判的野火，她的第一
篇經典文章〈中國人，你為什麼不生氣？〉也成為里程碑。臺灣走
過世紀末，進入21世紀的新紀元，民主野火早成為政黨輪替，紛紛
擾擾的多元文化翻騰之後，龍應台又推出史詩規格的苦難交響曲
《大江大海一九四九》，以口述歷史的小敘述，堆積成國共內戰終
結，隨著國民黨流亡政府來到陌生臺灣的大批中國大陸人流，這一
個苦難的大敘述。龍應台的筆力依然澎湃煽動，龍應台是這樣一位
奇女子。

　　這近30年的投入和寫作，龍應台其實不斷的改變，隨著臺灣政
治文化景觀的不同，她一直不斷思索，不斷提出新的觀察。具體的
說，她在八〇年代批判威權統治，提倡獨立思考，以西方的民主生

活模式，反觀臺灣的社會現狀。1987年解嚴，臺灣經歷翻天覆地的變化。九〇年代，龍應台除了寫出她個人生養小孩的為人母經驗，比方1994年的《孩子你慢慢來》，她在德國持續觀察臺灣民主。1999年，龍應台回臺擔任臺北市文化局長，2003年赴香港，之後在臺港兩地教學。這期間，她早期的野火漸漸變成一種對現實的極度不安，看著臺灣版民主的相貌，開始轉向另一種思考。

龍應台在1994年《看世紀末向你走來》一書的序文裡，提出西德人沒有經歷共產主義，卻經歷希特勒烏托邦帝國的噩夢，因此拒絕任何信仰的誘惑。她反問，臺灣人呢？這裡，她似乎暗示，臺灣人經歷威權統治的愚民政策，更應該小心，不再受任何政治矇騙，任何形式的烏托邦，都令人膽寒。（龍應台，1994：15）她說：「二十世紀的人類眼睜睜看著種種烏托邦的興建——納粹帝國、共產世界、宗教原教主義、民族主義——每一個崇高的理想都變質墮落為滿嘴血腥的怪物。人的混沌一開竅，就不可復得。」（龍應台，1994：17）

臺灣必須拒絕政治激情，那麼，應往哪裡走呢？義憤激昂的野火，蔓延成奇異的臺灣政治舞臺，李登輝時代「新臺灣人」的觀念，1996年的臺海危機，2000年總統大選的國民黨敗選，經歷2000到2008的8年民進黨執政，在2009年，龍應台卻以同樣澎湃的氣勢，引來大江大海，澆熄這蔓延臺灣的野火。最初點燃質疑威權火

種的龍應台，卻以中華民國建國百年的立場，寫出了1949國民黨從中國大陸一路來到臺灣的人群大河，苦難的壯烈交響樂。以大江大海，淹蓋臺灣島的悲情小溪。

龍應台早年宣揚建立「臺灣意識」，整理臺灣自己的歷史。當臺灣急於宣稱海洋國家，建立臺灣意識和臺灣歷史時，龍應台給亂象叢生的臺灣政壇一帖藥劑，就是中國傳統文化。龍應台起初看似拆解國民黨的政治謊言，要建構一個大家可以安身立命的臺灣小鎮，如今，她背離這個小鎮，或者說，儘管她一貫熱愛關懷社會底層卑微的「人」，她仍脫不出她的命運，那就是，無家。龍應台擁抱的仍舊是國民黨流亡政府來台人潮。她可能並不自覺，她以為自己為臺灣弱勢發聲了，但是，她的核心精神從未改變，那就是大中國主義。正如劉名峰教授精闢指出：「她認同的我群是中國」，（劉名峰，2009：240）在她看來，黨外的臺灣認同是「特定意識形態」，並以「某個政治結構」為目的；相對的，中國認同不是「特定的」意識形態，而具「普遍性」的價值系統。（劉名峰，2009：240-241）龍應台代表了許多失根的中國人，他們不屬於中國大陸，也不願意或無法真正融入臺灣；他們不認同中國共產黨，也輕視臺灣民進黨，他的文化優越感帶有先天滄桑。他被迫流浪，也習慣流浪，僅有的，是以文字詮釋歷史，為自己正身。1985年反威權框架的野火龍應台，到了21世紀初，卻把中國文化當作一個靈魂

休憩的園地，悠遊其中。龍應台走入的竟然是中國文化的天河，近百年前，1919年五四新文化運動就已經批判改造了的古老框架。

本文首先凝視龍應台比較自傳式的文字，試圖從她的文字，探究她在重要人生轉折上所做選擇，以及背後可能的原因。另外，本文觀察龍應台作為一個社會評論家、公共知識份子、兩岸三地的重要演講者這個身份，她所提出的議題和發表的言論。這裡追蹤龍應台歷年來的著作，試圖理出一條線索，那就是，龍應台這近30年的思路過程，她的堅持和她的轉變。特別關注的著作包括：1985《野火集》、1997《我的不安》、1999《百年思索》、2003《面對大海的時候》，和2009《大江大海一九四九》。

凝視龍應台

龍應台對於兩個兒子著墨甚多，從1994《孩子你慢慢來》、2007《親愛的安德烈 兩代共讀的36封家書》，到2008《目送》，讀者看到濃濃的母子情。龍應台必然是一位多情多感的女性，寧可觸犯摒棄為妻為母傳統角色的女性主義者，大膽誠實的擁抱母性。〈野心〉一文裡說，「我愛極了做母親，只是把孩子的頭放在我胸口，就能使我覺得幸福。可是我也是個需要極大的內在空間的個人，像一匹野狼，不能沒有牠空曠的野地和清冷的月光。女性主義

者,如果你不曾體驗過生養的喜悅和痛苦,你究竟能告訴我些什麼呢?」(龍應台,1994a:65)這匹野狼,卻深具母性,在「個人」和「母親」角色權衡中,時有掙扎。〈他的名字叫做「人」〉一文,「然而,她又怎麼對兩歲半的人解釋:婚姻幸福的另一面無可避免的是個人自由意志的削減。她又怎麼對兩歲半的人解釋:這個世界在歌頌母愛、崇敬女性的同時,拒絕給予女人機會去發揮她做為個人的潛力與欲望?她怎麼對孩子說:媽媽正為人生的缺陷覺得懊惱?」(龍應台,1994a:84)

相對於熱衷寫兒子,龍應台對丈夫甚少觸及。她的小說集《銀色仙人掌》,自序文〈還在靈魂的旅次中〉中,有一段耐人尋味的文字:

> 　　全然陌生,竟像是讀別人的作品。他萬分驚詫地讀每一個故事,發現裡頭每一個故事都是關於生命的陷阱和生存的代價,關於黎明時醒與夢之間的彷徨與脆弱。

> 　　…蒼蠅站在一扇玻璃上,翅膀急速拍打,發出電線接觸不良時那種滋滋的電磁聲;牠在盲目地、絕望地尋找出路。

> 　　讀完小說,已是凌晨,窗外一片漆黑;夜寒如水,一

隻狗在深巷裡憂鬱地叫著。

　　他坐在沙發上，書稿攤開一地；就那樣一動也不動地坐了很長一段時間，在重重的黑暗裡。再怎麼流浪，也逃不掉的存在。

　　然後起身走到書桌前，坐下，開始寫，寫自己的離婚書，寫完傳出。

　　究竟那一份是序呢？

　　所謂小說，不過就是那黑夜裡獨自攤開的密碼簿吧？

（龍應台，2003：6）

　　小說，就是「密碼」。如果我們跟隨這個提示，追蹤龍應台的人生歷程，我們看到，龍應台本可留在德國，紮根德國，和丈夫及兩個兒子安定的過下去。這與她同時觀察臺灣動向、關心中國大事、在德國的大學裡教臺灣文學課程，並沒有嚴重衝突。她終究告別了這種生活。這裡，小說集《銀色仙人掌》出版之際，作家寫好離婚書，傳真給丈夫。至於原因，文字明白寫出，如同受困的蒼蠅，婚姻中的龍應台，「在盲目地、絕望地尋找出路。」（龍應台，2003：6）1985年年底生下長子到1999年回臺任公職，這14年的婚姻家庭歐洲生涯，終究無法滿足一個知識女性的人生期許。龍應台仍然必須面對的是，自己「人生的缺陷」。（龍應台，1994a：84）

　　龍應台不是寫愛情的女作家,她的〈在海德堡墜入情網〉,乍
看以為是唯美夢幻的異國戀,卻是一個殺人案件的故事。王德威教
授認為,這篇小說寫的是情欲,龍應台的故事要寫一對女子的尋情
記。(王德威,1994:43)婚姻,或者說男女關係,在這本小說集
裡顯現出的就是一個覺悟,覺悟到再也不願意虛假的扮演美滿婚
姻。〈在海德堡墜入情網〉裡,「可是,誠實是我的人生座右銘,
討好而虛假地和老葉共同生活了8年,在我搬出的那一天,我發誓
今生再也不忍受任何假的事情—假的愛情、假的誓言、假的善意、
假的幸福。」(龍應台,2003:82)這位小說人物決定,「每個人
都是一個孤島」,她不再靠取悅於別人過剩下的人生。(龍應台,
2003:86-87)男女這一項,龍應台寫來並不美,而是冷,甚至是
荒涼的。仿佛,生存的圖像是擬好的,只是填滿而已。正如王德威
所說:「龍很『大膽』的寫了幾場愛欲情節,對女性生理器官的解
說,也恪盡職責。但容我放肆的說,這篇小說很不性感,也毫無情
色。龍及女性主義者或要反駁了,在這樣奸險的男性世界中,性感
及情色是『殺豬』們的神化。〈在海德堡墜入情網〉正是要消滅這
些神化,是警世之作;小說的道德教誨意義,在此一覽無遺。」
(王德威,1994:43)

　　龍應台筆下的女主角,是一個務實而強勢的女性。〈找不到左
腿的男人〉這篇小說,「余佩宣突然間就明白了。表演者何嘗不清

楚自己的角色呢？只是她懂得假戲真做，臺上臺下都是戲；在她編的劇本裡，那些高貴而矜持，自以為重要的西方人才是她的配角。」（龍應台，2003：211）這段話可以說是明白已極，這位小說人物余佩宣，可以看成龍應台自己的投射，是她自編自導舞台上的唯一主角，其他所有的人，都是配角，無論他是東方人還是西方人。對於余佩宣這個人物，論者吳燕君提出：「值得注意的是，在這3篇小說中，始終有一個叫余佩宣的人貫穿其中。雖然她並非作者的著力點，但卻有著重要的作用。《在海德堡墜入情網》中，佩宣在經歷了兩段愛情之後，徹底放棄了愛情，在不同的男人間游走，『拒絕成為任何人的一部分，也無意擁有任何人。』看似獨立的背後，其實隱藏著深深的孤獨。」（吳燕君，2009：13）

對於實際的性愛，龍應台筆下倒是出現很讓人一驚的文字，王德威所謂「大膽」的愛欲情節，（王德威，1994：43）這是〈在海德堡墜入情網〉裡的一段：

但是，有多少滿足，就有多少空虛。在一張陌生的床上醒來，枕邊躺著一個陌生男人。然後陽光突然照進來，照著你赤裸的身體，你心慌地趕忙用床單裹住好像任何人都不該見到的身體，然後瞥見熟睡的陌生人的後頸上有一塊突起的、像蠶豆那麼大的黑茸茸的痣；那是你昨夜在黑

暗中親吻撫摸的地方。

　　你覺得這世界荒涼極了。沒有成因，沒有目的，解釋
更屬虛無。

　　於是你匆匆穿上衣服，並且小心地不把陌生人吵醒，
你絕對無法忍受面對他張開的眼睛和他禮貌的寒暄。你像
逃命似的回到你的有陽臺的小屋，鎖上門，不讓任何人闖
進來。在這裡，你放鬆下來。然後開始洗濯身體，一遍又
一遍。

（龍應台，2003：116）

　　毫無疑問，這裡明白寫出的，是存在的荒誕。龍應台不是羅曼
蒂克的異國戀歌頌者，而就是孤獨個人的信奉者。作者要透露的
訊息似乎是，再怎麼流浪，也逃不掉存在；再怎麼存在，也必須
流浪。

　　龍應台的抒情文字，每每透露出一種渴望「家鄉」，和永遠找
不到的絕望。《親愛的安德烈 兩代共讀的36封家書》裡，〈第2封
信 為誰加油？〉，「我想了想，回答不出來。德國，我住了十三
年的地方，我最親愛的孩子們成長的家鄉，對於我是什麼呢？」
（龍應台，2007：26）〈第17封信 你是哪國人？〉，龍應台2005年
7月11日寫給兒子的信：

　　你有一個「家」，而這個「家」是克倫堡小鎮，安德烈，這不是偶然的。這要從你的母親說起。如果你用英文google一下你母親的履歷，你會發現這麼一行描述：「生為難民的女兒，她於一九五二年出生在臺灣。」難民，在英文是「庇護民」（refugee），在德文是「逃民」（Flüchling）。所謂「逃難」，中文強調那個「難」字，德文強調那個「逃」字。為了逃離一種立即的「難」，「逃民」其實進入一種長期的、緩慢的「難」──拋棄了鄉土、分散了家族、失去了財產、脫離了身份和地位的安全託付、被剝奪了語言和文化的自信自尊。「逃」，在「難」與「難」之間。你的母親，就是二十世紀的被歷史丟向離散中的女兒，很典型。

　　所以她終其一生，是沒有一個小鎮可以稱為「家」的。她從一個小鎮到另一個小鎮，每到一個小鎮，她都得接受人們奇異的眼光；好不容易交到了朋友，熟悉了小鎮的氣味，卻又是該離開的時候了。她是永遠的「插班生」，永遠的「new kid on the block」。陌生人，很快可以變成朋友，問題是，朋友，更快的變成陌生人，因為你不斷地離開。「逃民」被時代的一把劍切斷了她和土地、和傳

統、和宗教友群的連結韌帶,她懸在半空中。因此,她也許對這個世界看得特別透徹,因為她不在友群裡,視線不被擋住,但是她處在一種靈魂的孤獨中。

這樣的女兒長大,自己成為母親之後,就不希望兒女再成「逃民」。她執意要給你一個家,深深繫在土地上,穩穩包在一個小鎮裡,希望你在泥土上長大;希望你在走向全球之前,先有自己的村子;希望你,在將來放浪天涯的漂泊路途上,永遠有一個不變的小鎮等著接納你,永遠有老友什麼都不問地擁你入懷抱。她不要你和她一樣,做一個靈魂的漂泊者——那也許是文學的美好境界,卻是生活的苦楚。沒有人希望她的孩子受苦,即使他可能因為苦楚而變得比較深刻。

(龍應台,2007:140-141)

龍應台顯然試圖改變從父母到自己,這兩代人的漂泊宿命。她希望兒子安德烈紮根在克倫堡小鎮,無論離開多遠、多久,仍然可以回到這個小鎮,因為這是他成長的家園。但是,龍應台自己呢?她始終紮不了根。〈乾杯吧,托瑪斯曼(代序)〉一文裡,龍應台明白說出她回臺灣的原因,就是擺脫「邊緣人」的悲哀。她說,「我清楚地知道,在這裡,我是邊緣——柏林圍牆倒了,蘇聯

帝國垮了——又怎麼樣呢？我是那徹底的旁觀者。」（龍應台，1996：23）強勢的龍應台，美國8年（1975-1983）、瑞士2年（1986-1988）、德國13年（1986-2009），嫁德國丈夫，生兩個孩子，卻仍舊是一個「徹底的旁觀者」。多麼慘烈的自白。這說明的是，白人世界的架構如此堅固，它其實不容一個外來女子有太多的發揮空間，而在臺灣掀起野火的龍應台，她那些年在歐洲為妻為母的自我壓抑，可以想見。為了「在十萬八千里外的那裡，我是中心；事件震動我，我震動人群，人群影響我，我影響事件」，她回到華人世界。（龍應台，1996：23）

野火到大江大海

　　龍應台在2009年出版了《大江大海一九四九》。這本書的〈後記　我的山洞，我的燭光〉裡，她談到寫書的400個日子，每天清晨進寫作室，牆上貼滿地圖，桌上堆滿書籍，地上攤開各種筆記、照片、報紙和雜誌。（龍應台，2009：357）在這樣的史料中，龍應台寫成這本15萬字的書。

　　距離1949整60年，這是龍應台給自己父母親的獻禮，獻給他們那一代從大陸到臺灣，隨著國民黨政府一路艱苦來臺的人潮。整本《大江大海一九四九》，寫的是兩個字——苦難。龍應台以她一貫

強悍的煽動力，推陳出一條苦難大河，她寫的是「大敘述」。在看似許多的口述歷史「小敘述」，典型的後現代手法之下，她其實拼貼出戰爭的罪惡，人類受苦受難的壯觀。龍應台為歷史作見證，生怕這群當年來臺的芸芸眾生漸次隕落，而歷史上他們卻沒有留下痕跡，為人忘卻。整個15萬字，洶湧奔騰出的中國人逃難史詩，達到的終極功效是說服大家，過去就過去了，以後，絕不容許家人再一次分散，絕不容許國土再一次分裂。

在這部龍應台烘托出的中國現代史詩裡，她並沒有譴責造成流離苦難的明顯原因，那就是國共內戰，毛澤東和蔣介石的鬥爭，以及蔣介石的死不認輸。龍應台以她的人生經歷，親身體會，也每每寫及德國人在經歷二次大戰後，對納粹第三帝國的恐懼。德國人譴責以國家利益淹蓋個人尊嚴的法西斯政權，希特勒造就的生靈塗炭，猶太人永世不會遺忘，希特勒這位當年的蓋世英雄成為民族恥辱。然而，龍應台的《大江大海一九四九》，苦難人流匯成華格納的交響曲，但是戰爭的「罪惡」沒有凸顯，她以泛愛的姿態寫眾生的「苦難」，寫人們如何被所謂「國家機器」宰制。此「國家機器」，是龍應台在蘇育琪採訪文〈埋得很深的創傷是看不見的 龍應台談一九四九〉中，一再提到的名詞。（蘇育琪，2009）她強調，「幾個國家機器跟戰爭機器，同時像絞肉機一樣絞出來的幾股人，匯聚到了臺灣。」（蘇育琪，2009：61）但是，她始終不明白

指出，所謂國家機器的主導者，就是國共內戰的最高指揮蔣介石和毛澤東。這正是龍應台作為公共知識份子，令人心驚的一點。她唯一對蔣介石著墨的地方是〈33 賣給八路軍〉一節，記載蔣介石1948年1月的日記，龍應台的文字如下：

> 入冬以來，每思念窮民之凍餓與前方官兵在冰天雪地中之苦鬥惡戰、耐凍忍痛、流血犧牲之慘狀，殊為之寢食不安。若不努力精進，為期雪恥圖強以報答受苦受難、為國為我之軍民，其情何以慰先烈在天之靈而無忝此生耶。

然後他習慣性地對自己鞭策：

> 注意一，如何防止將士被俘而使之決心戰死以為榮歸也；二，匪之攻略中小城市、圍困大都市，以達到其各個殲滅之要求的妄想，如何將之粉碎、……。

我仍然坐在加州胡佛研究院的檔案室裡，看蔣介石日記。看著看著就忍不住歎息：何其矛盾的邏輯啊。為了「慰烈士在天之靈」的實踐方式，竟然是要將士立志戰死，爭作「烈士」。這是日本武士道精神。相較之下，影

　　響歐洲人的是羅馬傳下來的概念：戰爭，是為了制敵，當情
　　勢懸殊、敵不可制時，保全性命和實力，不是羞恥的事。

（龍應台，2009：178-179）

　　只是「忍不住歎息」，如此「不忍相責」。因而，罪惡沒有被
控訴，軍事強人沒有被譴責，她的矛頭指向一個共同敵人——日本
人。沒有日本人侵略，沒有日本人殖民臺灣，中國不會分裂，中國
人不會有這樣大的苦難。期盼中本可出現的自省，沒有出現。龍應
台回到的是一個傳統的中原意識，抵抗外侮的民族主義愛國情操。

　　1949年，國民黨政府帶著200萬人（或說120萬人）逃離共產黨
統治的苦難，來到臺灣。然而，逃離苦難的人，每每以「難民」自
居，並且在不斷重複的流浪中，證驗自己血液中植入了國民黨流亡
政府的印記，那就是「沒有家鄉」。他們是臺灣島上的邊緣人，以
優越中原人的姿態，俯視島上的日本殖民地臺灣人，但同時，卻又
如此羨慕這些臺灣本地人，無論他們多麼粗鄙，卻有土地的聯結踏
實，有綿密的親屬人際網絡。這群來臺人潮，特別是國民黨權勢之
外的人，逃離共產黨統治的中國大陸，離開了一個沒有希望的土
地，來到一個沒有共產黨的島，卻並不因此得到幸福。

　　野火時期的龍應台，在〈一九八六，臺灣〉一文裡，有這樣的
敘述：

我定定的站在那裡，泫然欲泣的看著她，看著她抱著
嬰兒，像看一幅永恆的圖畫；心裡的虔敬比我站在羅浮宮
「蒙娜麗莎的微笑」前的感受還來得深刻，來的真實。鄙
俗嗎？是的。骯髒嗎？仍舊。落後醜陋嗎？怎麼可能呢？
還有什麼比這幕戲台的母子更美麗、更深沉？茄定鄉的意
義，不是由我這種過路人來賦予的。它的價值，它的尊
嚴，就在它的鄙俗之中。在它的土地上耕耘、海水上掙扎
生活的，是眼前這個母親、這個嬰兒。為茄定鄉在意義的
座標上定位的，是闊嘴、是駝背嫂，是滿臉油粉餵奶的戲
子母親，是要在茄定鄉的土地上生生世世的這些人。

啊，這樣的生命力！

（龍應台，1987：ix）

20年後，龍應台仍然沒有改變她對弱勢的「人」的深刻關懷和
擁抱，在〈超越「臺灣民主」──向核心價值邁進〉一文裡，回應
何謂「臺灣人」，她說：「只有我自己知道：那滿面滄桑的漁民，
那喝醉了就痛哭失聲的老兵，那逃走又被追回來的部落女人，那無
法與人交談的大陳婆婆，那在診室裡聽貝多芬的醫生，那鄉下員警
和他養豬織網的妻子；這些鄉人從未叫囂，卻給過我一生用之不盡

的溫暖和信任。什麼是臺灣人？不必由你來告訴我。」（龍應台，
2006：22）

但是，龍應台自己呢？她的無鄉，在許多文章裡可以找到線索。〈生活與困境〉一文，有這樣的告白：

> 我在臺灣南部長大。通常一個班六十個小學生當中，只有一個外省小孩；就是我。我所面對的，是臺灣的語言、臺灣的山川土地、臺灣的生活方式，可是身受的教育又時時在耳提面命：我所面對的都是次等的、暫時的，這裡不是我的家。臺語是鄙俗的，歌仔戲是下流的，臺灣歌沒有格調，拜拜是迷信⋯⋯。說著一口標準國語的我，心裡有一種優越感──「我」不屬於臺灣的「次等」文化。
>
> 在這種優越感中長大；一九七九年我在紐約。遇見一位剛從湖南出來的人。他從長沙搭火車經過廣州，再從香港來美。帶著濃重的鄉音，他說湖南的湘江、鄉下的茶油樹、辣椒山；然後問我：「你是哪裡人？」
>
> 我楞住了。我能告訴他我是湖南人嗎？不能，我不會說湖南話，對湖南也一無所知。那麼應該對他說我是臺灣人嗎？一瞬之間我又深切的感覺到自己的貧乏：不會哼一句臺灣歌，沒看過一場歌仔戲，從來不曾在廟裡上過一次

香，不知道廖添丁是什麼東西——一直視臺灣為次等文化的我，現在又怎麼能說自己是「臺灣」人呢？

　　紐約的經驗給我很大的震撼，發覺自己是那樣一個無根的人，而無根的原因在於我身受的教育：是我的，我不承認；不是我的，我假裝是。結果，卻是什麼都沒有。我說「文化上的精神分裂」，就是這個意思。

（龍應台，1987：41-43）

　　這是龍應台第一次提出「文化精神分裂症」的地方。這個時候，她呼籲，大家一定要開始建立「臺灣意識」，也就是全心全意的重視臺灣。她說，「驕傲自尊的中國人」，必須正視活生生的「生活環境」臺灣。這句話，按照劉名峰所說，「作為生活環境及地方行政單位的臺灣」，（劉名峰，2009：241）就是臺灣在龍應台心中的實在定位。她具體提出，建立「臺灣意識」，首先教科書必須全面改寫，告訴下一代，臺灣不「僅只」是復興基地，也是有歷史、有文化、有長久的未來，需要細心經營的「家」。（龍應台，1987：45）

　　13年後，龍應台在〈五十年來家國——我看臺灣的「文化精神分裂症」〉一文裡，再度重申了這個病症：

> 　　我們是這樣被教育的：別人的土地，假裝是自己的，
> 自己的土地，假裝它不存在。土地其實就是民族記憶，所
> 以我們腦子裡裝滿了別人的記憶，而自己活生生的記憶，
> 不是自己瞧不起，就是不願面對，也不敢擁抱。
> 　　這是強權統治所造成的一種集體文化精神分裂症。
>
> 　　　　　　　　　　　　　　　　（龍應台，2003a：23）

　　但是，龍應台不再提「臺灣意識」，卻提倡「中國文化」。她說，我們真正應該呼喊的，不是「去中國化」，是「去沙文化」。她解釋，國民黨令人反感，共產黨使人厭惡，但是國民黨加共產黨並不等於中國。兩個黨不到100年，中國卻有5000年的歷史。（龍應台，2003a：27）

　　這中間有一個關鍵的轉折，而且可以說對自己早先立場的背叛。從1979年在紐約，龍應台突然明白自己無法是一個湖南人，而確實是一個臺灣人，發現必須壯大自己生長的「家」，來免去那種無家的尷尬，到2003年，反對當時臺灣民主進程中熱烈提出的「去中國化」，回過頭來擁抱中國傳統文化，我們看到的是，龍應台的筆下，茄定鄉的闊嘴和駝背嫂被犧牲了。龍應台的目光從真實臺灣鄉下人，轉移到了一個永遠政治正確，令人無法辯駁的抽象名詞——中國文化。龍應台把這條美麗天河一下子拉到臺灣土地上空，

讓茄定鄉的闊嘴和駝背嫂仰望它，發現自己的微不足道。「復興中華文化」一直是國民黨建立法統的口號，它確實保存的，不是文化，是故宮文物。難道說，龍應台擔任臺北市文化局長，使得她的思考轉變了？還是說，擁有強大生命力的鄉村臺灣人，在龍應台的視野中，從來就不曾真實存在，而是一個路邊景觀？龍應台1987年以臺灣為自己鄉土的認同，是針對中國大陸的「真中國人」，她好像是個假中國人。但是在她刻意自稱臺灣人時，卻不是真的認同臺灣土地，而仍然是「假臺灣人」，或者說，「臺灣」的人，而不是「臺灣人」。也就是說，龍應台的主張一直具有策略性。1979年在美國發現自己不是中國大陸的人，以「臺灣人」身份對抗「中國人」；本世紀初，當臺灣主體性壯大，以「民主臺灣」自居，相對照下，大陸變成「極權中國」，這時她反過來以「中華文化」反制臺灣民主。這麼一來，中國仍然是核心，而臺灣，仍是邊陲，仍是一個行政單位。正如劉名峰精確指出：1996的臺海危機，「更讓『中國—臺灣』的參照從『中央—地方』的階序，變成『敵國—我國』的關係。如此一來，中國不僅失去了原本的道德光環，還在敵意裡被封上了汙名，遂使得『中國—臺灣』的參照與對應之『高尚—低俗』的隱喻，也出現翻轉的現象。於是，龍應台的態度由樂觀轉向悲觀。」（劉名峰，2009：246）

1987年龍應台提倡建立臺灣意識，當歷史的腳步走過八〇年代

的解構國民黨威權、九〇年代李登輝時代的彰顯「臺灣人」意識，到2000年陳水扁當選總統，真正落實了龍應台最早燃起的那把野火，她卻在這個過程中，從「我的不安」（1997）到「百年思索」（1999），到對臺灣民主失望厭惡，對那些高喊外省人回大陸去的人直接反駁。龍應台是這樣投入，但是，她的言論卻這樣難掩滄桑，所謂「在臺外省人」的心虛位置。她不斷洩露的訊息是，她在說：我是「臺灣」人時，想的就是1949國民黨流亡政府人潮。正因為這樣，她所謂的臺灣文化精神分裂，向來是大江大海來臺人潮的文化精神分裂，而絕非茄定鄉闊嘴和駝背嫂的文化精神分裂，他們根本沒有可分裂的原因。他們世世代代死心塌地的在這裡生活，沒有過中國的印象，也不需要「輕視」自己的語言臺灣話、自己的文化歌仔戲。就如同，龍應台在歐洲，看到瑞士人和德國人那樣禮貌的、文明的，卻又如此乏味的生活著，但是，他們安居在自己的家園，也是如此的死心塌地。這種安定，正是大江大海1949人潮所沒有的樂土。

　　21世紀開始，龍應台的立場顯然轉變了。她越來越站在1949流亡人潮的立足點思考，她把自己在1985年急於揭開的國民黨蒙眼布，又蒙了回去。〈面對大海的時候〉一文：

　　　對二十世紀的臺灣人而言，大海，卻象徵著隔絕與孤立，

危險和威脅。當我們談到「臺灣海峽」這個詞的時候，立
即的聯想不是海闊天空的遨遊——從臺灣海峽到巴士海峽
到神秘浩淼的墨西哥灣，這個海峽是我們開啟全世界的一
把神奇鑰匙。不，「臺灣海峽」所激起的立即聯想是「兩
岸」，以及「兩岸」這個詞所蘊含的巨大的滯礙、艱難、
困境。我們不是歌頌大海、面對大海、擁抱大海的人；
因為歷史的特殊發展，我們是背對大海、面向島嶼內陸
的人。

（龍應台，2003a：35-36）

　　這裡的「我們」，那裡是臺灣本地人？臺灣的海上貿易自古就
有，遠遠在國民黨來到臺灣之前就有，它的面對海洋，自來不是封
閉的態度。龍應台始終沒有看到，她希望建立的臺灣意識一直存
在。「背對大海、面向島嶼內陸」，其實是國民黨對跟隨它大江大
海來臺人潮的刑罰。和大陸家鄉通信，就是「通匪」，他們所遭的
傷害，是無法言說的被監控、被切割。正因此，當他們看到自己
「反攻大陸」的定位消失，老蔣總統走了，帶他們來，卻沒帶他們
回去；臺灣本地人不再是「次等文化」，一躍而成為主要文化，將
成立「臺灣國」；返鄉探親的人，除了重逢哭泣的人倫大戲，頓然
明白，大陸，再也不是他們的家鄉，這樣的刺激，無疑是二度傷

害。大江大海人潮的流離、失根、生存荒誕，確實就是國共內戰造成的歷史悲劇。

正如許多大江大海人潮，龍應台在臺灣，她深藏或者彰顯的優越感一直沒有改變。檢視龍應台對臺灣民選總統與臺灣民主的描述，不難發現她的嚴苛。〈為臺灣民主辯護〉一文：

臺灣的民主是一個公開的當代實驗，在所有華人眼前進行。這個實驗究竟怎麼樣了呢？

臺灣政府在SARS期間的慌張混亂、上下扞格，相較於新加坡或甚至北京政府在處理善後時的劍及履及，在華人世界興起一個流行的說法：處理危機時，民主政府不如威權政府有效率。

臺灣國會裡相互嘶吼、打耳光、撕頭髮的鏡頭傳遍全球，國際社會引為笑談，華人社區更是當作負面教材。民主制度裡可能有的弱點，譬如粗暴多數犧牲弱勢少數，譬如短程利益否定長程利益，譬如民粹好惡凌駕專業判斷，在臺灣民主的實例中固然比比皆是，但是隨著國會不堪入目的肢體和語言暴力，輔以電子媒體的追逐聳動煽情而更被放大，以至於政治「臺灣化」這三個字已經在大華人區中成為庸俗化、民粹化、政治綜藝化的代名。

在這樣的背景中，我們走到了二○○四年三月二十日的總統大選。像拙劣的警匪片：莫名的槍響、離譜的公安、詭異的醫療；像三流肥皂劇：控訴不公又提不出主張、召喚了群眾又不知如何向群眾負責；像不忍看的鬧劇：總統肚皮公開展示，彷彿肉攤上等待衛生檢查的一堆肉。

（龍應台，2006：11-12）

臺灣的民主，在龍應台筆下誠然就是臺灣鄉野戲台上的粗俗表演，而演員，竟然演了總統這麼個角色。這裡，龍應台顯然筆下毫不留情。想想她對蔣介石的「輕輕帶過」，令人不得不疑惑。再回想她的〈一九八六，臺灣〉，莫非，這種頑強的輕視，就是根植於「我所面對的都是次等的、暫時的，這裡不是我的家。臺語是鄙俗的，歌仔戲是下流的，臺灣歌沒有格調，拜拜是迷信……。說著一口標準國語的我，心裡有一種優越感──『我』不屬於臺灣的『次等』文化。」（龍應台，1987：42）難道不是嗎？在許多具有文化優越感的人眼裡，臺灣版民主，能夠不是歌仔戲嗎？

臺灣人意識的高漲，為什麼激起大江大海人潮的不安和痛苦？這不關乎族群，也不關乎階級，甚至不關乎政治，這關乎誰的劇本？誰在台上？誰是主角？誰是配角背景？這到底是誰的歷史劇？

大江大海人潮的救贖就在延續國共內戰、流亡、臺灣復興基地,和終極統一的可能戲碼,否則,他們如何界定自己的存在呢?龍應台離開歐洲,在那裡,她是旁觀者,來到臺灣,她是主角,主導文化潮流。但是,當臺灣的舞台,真正跳上了她筆下茄定鄉的闊嘴、駝背嫂時,龍應台卻不能容忍。在白人世界浪跡的龍應台,可以承認自己旁觀者的身份,在臺灣的龍應台,卻無法承認自己邊緣人的身份,為什麼?因為她的安身立命之鄉,歷來就是極堅固的大中國思想。正因如此,石之瑜教授〈異哉!龍應台的價值認同 沒有國家的價值認同,是廉價的假冒認同〉一文,在這裡顯得鏗鏘有聲。他說:「明明是在利用大陸輿論對自己的反彈,來逃避會被歸納成統派的深層恐懼,換取免於臺獨勢力騷擾的卑微空間,卻要裝扮成正在享受基本人權的高貴模樣。」(石之瑜,2006:62)

中國、臺灣、中國文化

龍應台的筆下出現過許多對當前中國和中國人的描寫。作家駱以軍說:「我覺得您的『北京印象』那幾篇寫得真好:〈吵架〉、〈電梯小姐〉、〈打架〉、〈故鄉異鄉〉……等等。」(駱以軍,2005:35)一如龍應台對瑞士、德國、臺灣和香港的描述,她一貫秉持公正、忠於自我、不怕得罪人的立場。〈中國中國中國……〉

一文，記述她在德國帶著北京訪客遊覽，不管到任何景點，北京客人談的是中國政治。（龍應台，1994：58）這裡她說：「我惱火的是，怎麼大陸知識份子老有那麼一個自我滿足的自大心理，認為中國是他家私產（對不起，我當然承認這是大大的以偏概全）。他手裡拿著一把尺，合乎這個尺度──譬如『滿漲的民族意識』，他就賜給你作為『中國人』的榮耀，否則你就是洋人。」（龍應台，1994：64）

龍應台的大陸印象，寫出了許多人共同的驚駭，中國人素質的低劣無所遁形。〈高老太太──大陸印象之三〉，寫上海車站要錢的老太太。「我怎麼狼狽脫走的已經弄不清楚，很可能是她看見了更好的物件因而放了我一馬。提著行李，不斷地閃避人群，找應該會合的人，找正確的候車室，忙忙亂亂，好不容易坐下來，我才有時間回想高老太太。她不姓高，只是塊頭高大，回想她的眼光，她說，『給吧』，那麼直截了當，那麼理直氣壯，俯視著我的眼睛是坦蕩蕩，大無畏的，儼然逮著一個欠她債的人。」（龍應台，1996：233）〈我不站著等──大陸印象之五）〉一文，寫衢州火車站售票員的態度：

　　　　她搖頭，我的心一直往下沉，「那麼，有硬座嗎？」
　　　　她突然劈頭大罵，「沒有沒有什麼都沒有，你以為你

在哪裡?要買不買?」

我站在窗口,整整比她矮上一大截,仰頭看著她。我
不知道她還能說出什麼話做出什麼事來,趕忙說:「買買
買。」雖然我一點兒也不知道買什麼;她不是說什麼都沒
有嗎?

她把幾張票和我的零錢從洞口丟出來,對,用丟的。
收攏了東西,我急忙轉身去照顧老的,好像還習慣性的和
售票員說了聲謝謝。

(龍應台,1996:244)

中國,分明是一個夢魘。對臺灣民主失望,對真實中國人失
望,龍應台找到的安身立命之鄉,成了「中國文化」。〈我也是豬
玀〉一文裡,龍應台明白的宣稱她不是「中國」作家,「因為代表
中國的那個政府不是我選擇的政府,它的制度不是我認同的制度,
它所發的護照不是我所持有的護照。」(龍應台,1996:49)她接
著說明:

和綿延幾千年的歷史比較,五十年的共產中國算什
麼?和生生不息的文化生命比較,朝生暮死的政治生命算
什麼?看中國,不能只看中華人民共和國。我的政治認同

是小小的臺灣，不是大大的中國；我的文化認同是大大的
久遠的中國，不僅是小小的新興的臺灣。

　　是的，我是一個臺灣作家，一個文化源遠流長的臺灣
作家；這麼說，夠清楚嗎？

（龍應台，1996：49）

　　龍應台因此是一個政治認同是臺灣，而文化認同是源遠流長中
華文化的臺灣作家。但是，令人困惑的是，龍應台可以對中國的一
切包容，包括車站的要錢老太太和無禮售票員，她「不生氣」，卻
對臺灣的總統不假辭色。當然，她也同樣對中國國家主席胡錦濤不
留情面，2006年1月26日同步刊登於臺灣、香港、吉隆坡和美國的
文章〈請用文明來說服我──給胡錦濤先生的公開信〉就是最佳例
證。儘管如此，凝視龍應台，還是令人驚駭，她確實以日本殖民地
看待臺灣，而臺灣人，包括臺灣總統，都脫不了被殖民國總統的標
籤。〈我是臺灣人，我不悲哀──給李登輝總統的公開信〉一文：

　　去年，在美國一個會議上，我聽見一位我向來尊重
的、為臺灣反對運動作過努力的學者說：現在臺灣人出頭
天了！至於在臺灣的外省人，他可以決定，要跟我們打拼
就留下來，不要的話，他可以走！

　　我驚愕得說不出話來。

　　這好比兩個姐妹在一個家庭中生長，有一天，姐姐突然
對我說：你要跟我合作的話可以留下來，不然你可以走。

　　她有說這話的權利嗎？什麼時候開始、透過什麼樣的
決定，這個家突然變成她的了？

　　歷史的諷刺往往是黑色的。日本在一八九五年取下臺
灣時，也曾經宣告：願者留下，不願者走。

　　而我們稱日本據臺為佔領，不是嗎？

（龍應台，1996：32）

　　她總結，「一個被殖民國的總統，在獲得自由之後，對殖民國
說：感謝你教了我很多東西。」在對比哈威爾不會對俄羅斯人這麼
說，甘地和李光耀不會對英國人這麼說之後，她說，「身為臺灣公
民，我覺得難堪。」（龍應台，1996：37）

　　在龍應台（不）自覺的視野中，仇恨日本幾乎是團結中國人的
最大力量。對國民黨失望的臺灣人，發聲批判國民黨而讚揚日本，
你能夠因此就說，他是日本帝國主義訓練出來，奴性深重的殖民地
臺灣人嗎？龍應台，有她的盲點。她這樣義正詞嚴的稱李登輝為
「一個被殖民國的總統」，竟然使人想到她筆下上海車站的高老太
太和衢州火車站的售票員，那種奇異的「理所當然」。是什麼人，

讓她有這樣的權利，說這樣的話呢？也就是，套用她自己在這篇文章裡所說，「她有說這話的權利嗎？」（龍應台，1996：32）

在〈就這樣垮掉？〉一文裡，龍應台對於中華民國國歌、蔣介石照片的被拆除，道出了心酸：「許多英雄人物隨大江東去，許多偉大建築在風中腐蝕，舊價值也許不得不垮，可是垮掉得有點尊嚴總可以吧？」（龍應台1996：61）確實，她從不指責蔣介石。和被殖民國的總統李登輝比起來，蔣介石是中國歷史上的風雲人物，而李登輝的確不能算作此歷史中的人物，而就是日本殖民地的一景。如此，龍應台和許多與她態度相同的人，他們當然超越所謂「新臺灣人」和「舊臺灣人」，他們一直站在整個中國5000年歷史的制高點，品評當代人物。她的理性和超然，使她可以冷眼看臺灣草地人對所謂本土政權的死忠，然後輕聲斷言：搞民粹。然而，這也正是她不斷重複的致命傷，那就是，她確實不屬於臺灣，和臺灣沒有血肉相連的關係。如此，沒有血肉相連的親人，你又為何可以站在第一血親的地位，發指導棋呢？

〈包容、開闊、寬厚的臺灣社會？——魏京生訪臺的反思〉一文，龍應台這樣說：

如果為了臺灣意識的建立和深化，我們就得阻礙、扭曲一種自然而正常的對中國「人」的關愛，臺灣意識很可能已

經從本來油然而生的族群感情硬化成一種意識形態——五
十年了，我們對意識形態的陷阱還不夠認識嗎？健康的臺
灣意識應該使我們更自信；因為自信而更包容、更開闊、
更寬厚。如果臺灣意識反而使臺灣人更自閉、自戀、自大
——只看見自己的成就，其實是極小的成就，而看不見他
人的痛苦，那豈不是一個病態的臺灣意識？

（龍應台，1999：184）

「病態的臺灣意識」？臺灣人，日本殖民地的臺灣人，他們從
來擁有過建立「意識形態」的權利嗎？還是，一直只有「中國意
識」，必須安全的把臺灣定位為一個行政單位，放入「中國—臺
灣」架構中，一旦出位，就是「病態的臺灣意識」？這裡，再回顧
龍應台野火時期提出的「建立臺灣意識」，不禁令人感慨。八〇年
代，龍應台曾說：「建立『臺灣意識』，首先教科書必須全面改
寫，告訴下一代，臺灣不『僅只』是復興基地，也是有歷史、有文
化、有長久的未來，需要細心經營的『家』」。（龍應台，1987：
45）

1985年的《龍應台評小說》裡，龍應台對「傳統」抱持明確的
批判態度。〈盲目的懷舊病 評「千江有水千江月」〉一文：

　　但是這本小說所流露的觀念意識——凡是「傳統」，都是美好的——卻令我坐立不安。作者以極度感情式的、唯美式的、羅曼蒂克式近乎盲目的去擁抱、歌頌一個父尊子卑、男貴女賤的世界，對這樣一個世界沒有一點反省與懷疑，使「千江」成為一本非常膚淺的小說，辜負了它美麗的文字與民俗的豐富知識。

　　而「千江」卻是去年最暢銷的小說，是不是也暗示了臺灣讀者唯美、懷舊（nostalgia）到近乎盲目的心態呢？

（龍應台，1985：166）

　　龍應台這裡的敢言率直令人喝彩。到了1999年，她在《百年思索》一書的同名文章裡提到，1998年自己一篇以德文發表的文章引起注意，其中她說，「文化是一條活生生的、浩浩蕩蕩的大江大河，不斷地形成新的河道景觀。文化一『固有』，就死了。儒家思想本身，又何嘗不是一個充滿辯證質疑、不斷推翻重建的過程？」（龍應台，1999：40）「儒家思想」絕不會是野火時期的龍應台遵奉的準則，但是面對歐洲讀者，龍應台談中國文化、談儒家。這裡，龍應台也可能（不）自覺的經歷過「自我東方主義」的處境。在〈大山大河大海〉一文裡，龍應台有這樣奇特的文字：

在海中

兩千五百年前的山海經，用最質樸的語言記載了我們印象
依稀的原始來處：

大蟹在海中

陵魚人面，手足，魚身，在海中。

大鯾居海中

明組邑居海中

蓬萊山在海中

大人之市在海中

切斷

切斷了大江大河的生命，忘記了原始的來處，人啊，就再
也回不去了。

（龍應台，1999：284）

多麼奇特，野火的龍應台，這時跳入了《山海經》神話。就在
這一年，清楚的看到龍應台不斷思索中國文化源頭的問題，她此處
顯然已經進入文化天河，幻化出空靈的玄妙境界。為什麼呢？是否
因為，就在這一年，龍應台應當時臺北市長馬英九的邀請，返臺擔

任第一任臺北市文化局長。這顯然是一個重要轉折，最不溫柔敦厚
的龍應台，竟然回歸中國文化傳統，她進入國民黨官僚體系，成為
一貫提倡「復興中華文化」的國民黨體制內官員。到了2006年《龍
應台的香港筆記》裡，她更進一步擁抱文言文，反過來批判白話
文。〈緊抱著狹隘的現代〉一文：

> 《國語》記載的是西元前九九〇年到前四五三年的歷
> 史，距離今天足足三千年。三千年前的政治管理哲學，對
> 不起，我怎麼都看不出它是個滿布灰塵的老古董瓷器。白
> 話文、英文德文不一定代表現代，文言文也不一定代表落
> 後。我在文言文的世界裡，發現太多批判的精神和超越現
> 代的觀念，太多的先進和豐富，太多的思想和文采。
>
> 沒有文言文這把鑰匙，你就是對這個世界目盲，而且
> 傲慢地守在自以為是的狹隘現代裡。
>
> （龍應台，2006：146-147）

從1985年批判威權體制愚民政策、提倡獨立思考的《野火集》
龍應台，到20年後，歌頌文言文、提倡以3000年前的中國管理哲學
超越狹隘現代的龍應台，我困惑，龍應台到底是誰？龍應台究竟站
在那一邊？向前？還是退後？西方文明？還是東方生命情調？難道

今之俠女龍應台也學會了「模糊焦點」的遊戲，以賣中國傳統文化的老牌膏藥糊弄世人嗎？正如姚人多教授在〈龍應台的中藥〉一文裡精闢點出：

> 總體而言，龍應台開給我的「中藥」讓我有一種似曾相識的感覺，當年蔣家政權高喊「復興中華文化」不就是同一帖嗎？臺灣人經年累月服用了幾十年，被龍應台診斷為文化精神分裂症，今天龍應台卻連湯都懶得換就把這帖藥重新端出來給臺灣人，情況會比較好嗎？
>
> （姚人多，2003）

　　龍應台固然可以把自己的思想體系也比成一條文化長河，它是經由轉變而來的，它是活的。但是，當龍應台引來「中國文化傳統」這條大河，更正確的說，「中國文化天河」，整整100年前，中國知識份子早已檢視、反省、批判、改革過了的中國傳統文化，企圖用它來凌駕一切政治紛擾；她忽略，這個大河必然要淹沒許多人，特別是那些她宣稱至愛的卑微的「人」。

龍應台的選擇？

　　龍應台是一位當代奇女子。她說，對那脆弱的「人」的關懷，是她的全部信仰核心。（龍應台，1999：300）她是一位紮實的知識女性，一位能夠造成影響的公共知識份子。她的膽識和人生路途，非同常人。龍應台這近30年的思路和行事，她堅持了對人的關懷，堅持了自己孤獨流浪的野狼本質，然而，她轉變了原先批判保守威權的立場，轉而為回歸中國文化傳統的自我救贖。這個轉變的原因在於，龍應台的核心思想一直堅定的是大中國主義。龍應台「想像」了一個永生的中國，這個「文化中國」的舞台上，臺灣從來就是小小景點。

　　臺灣和中國，現世的紛擾政治持續進行，歷史列車卻只有向前，絕不會停頓，遑論回頭。龍應台從野火轉變為大江大海，她沒有為自己生長的地方臺灣找到出路，卻回溯了父母親的來處中國大陸。1949年的流亡政府「中華民國」，到了現在2011年，所謂「建國百年」，它還可以相信，它的版圖仍然包括整個大陸，今日大陸的進步也是它自己腹地的一部分，它的「不統不獨不武」可以千秋萬世保障自己的想像中國，它必須面對，它的「文化精神分裂症」確實已經到了化境。臺灣的保持中國傳統文化，真正達到的功效，

只是給和平（強勢）崛起的世界大國「中華人民共和國」作為一個
文化展示特區，一個具有另類特色的旅遊景點。「臺灣」，又一度
在國共持續內戰的分合談判中成為籌碼；「臺灣人」，仍然是一群
無法發聲的「次等」人。

　　龍應台是大江大海1949的代言人，滿懷苦難的流離人間，她其
實早就知道，這是命運。〈故鄉異鄉──北京印象之四〉一文：

> 活蘇的河北老鄉和死了的邵伯伯，上了火車的母親和沒上
> 火車的哥哥，砸了碗的父親和他來不及一見的「對不起」
> 的母親，存在的和不存在的龍應台與龍應湘，長在德國卻
> 生在臺灣的尚未長大的安安……。你說異鄉和故鄉在哪裡
> 開始交叉開始分歧？誰又有選擇的權利？
> 所謂命運。
>
> （龍應台，1994：152-153）

　　但是，龍應台是否同意，流離者的救贖從來就不是到處宣揚教
化，扮演先知先覺，而是安安定定在一個小鎮生活，紮根在那個小
鎮。就好像流亡政府終須終結流亡；消失，或者融入在地。世代長
居小鎮的人，自有他超越流浪過客的優先權利，何需論說？地主和
流民，從來就沒有交集的。美國如此，歐洲如此，亞洲，也是如

此。野火時期的龍應台，不同於只寫紐約、巴黎、唐宋的文人，她
「讓我們覺得英美文學博士也可以不掉書袋，不要專有名詞，同
時又關心我們這一塊泥土，給我們增加一點信心」。（龍應台，
1987：308-309）不知道龍應台是否記得？當然，流離者也可以選
擇不找救贖，而是忠於自己。他以孤傲的自尊持續流浪，他接受自
己血液中的流浪本質，不侵佔任何土地，不覬覦他人小心護衛的家
園，瀟灑的遊走，以野狼本質強悍的生存。也許，這才是龍應台的
選擇。

＊本篇收在〈凝視龍應台：野火到大江大海〉。賴俊雄主編。《筆的力量：成大文
　學家論文集》。臺北：里仁出版社，2013。頁961-989。
＊本篇縮簡版收在〈為流亡人潮寫歷史見證：評龍應台的《大江大海一九四
　九》〉。《世界文學》復刊2（2012年6月）：103-109。

引用書目

龍應台，1985。《龍應台評小說》。臺北：時報文化。

_____，1987。《野火集外集》。臺北：圓神。

_____，1994。《看世紀末向你走來》。臺北：時報文化。

_____，1994a。《孩子你慢慢來》。臺北：皇冠。

_____，1996。《乾杯吧，托瑪斯曼》。臺北：時報文化。

_____，1999。《百年思索》。臺北：時報文化。

_____，2003。《銀色仙人掌》。臺北：聯合文學。

_____，2003a。《面對大海的時候》。臺北：時報文化。

_____，2006。《龍應台的香港筆記》。香港：天地圖書有限公司。

_____，2007。《親愛的安德烈　兩代共讀的36封家書》。臺北：天下雜誌。

_____，2009。《大江大海一九四九》。臺北：天下雜誌。

劉名峰，2009。〈臺灣民主轉型前後對正當性的認知及其變遷：以龍應台作品中「中國─臺灣」之象徵形式的再現為例（1983-2006）〉。《臺灣政治學刊》13卷1期（2009年6月）：225-267。

王德威，1994。〈海德堡之死──評龍應台《在海德堡墜入情網》〉。《聯合文學》119（1994年9月）：42-43。

吳燕君，2009。〈蝴蝶飛不過滄海──讀龍應台的「海德堡」系列小說〉。《當代小說》2009年9期（2009年9月）：12-13。

蘇育琪採訪撰文，2009。〈埋得很深的創傷是看不見的　龍應台談一九四九〉。《印刻》5卷12期（2009年8月）：57-65。

石之瑜，2006。〈異哉！龍應台的價值認同　沒有國家的價值認同，是廉價的假冒認同〉。《海峽評論》183（3/1/2006）：60-62。

駱以軍，2005。〈駱以軍六問龍應台〉。《印刻》1卷5期（2005年1月）：34-48。

姚人多，2003。〈龍應台的中藥〉。《中國時報》2003年7月30日「觀念平台」。

逃亡密碼：平路寫解構遊戲

　　作家平路（1953- 　）從1983年出版《玉米田之死》開始，至今出版小說、評論、散文等文集達20多種，本文專注探討平路筆下不斷出現的一個主題──逃亡。此逃亡，或者逃逸，貫串她的小說，包括〈玉米田之死〉、《凝脂溫泉》、《何日君再來》，以及最近的《東方之東》、〈凱莉與我〉等小說。本文追蹤平路在這些小說裡佈下的逃亡密碼，並且提問，作家為何這樣貫徹始終地寫這一個奇特的逃亡主題？為此，這裡涉及平路的散文作品，她在九〇年代中期以後比較軟性、寫自己生活和心境的文字，來找尋線索。這裡不討論平路早期大量的科幻小說，也只涉及少許她的社會評論文章。

　　平路的逃亡主題，顯現出的終極目標是一種不必在乎他人目光、完全放鬆的自由自在境界。平路寫的逃亡，從1983年〈玉米田之死〉裡，臺灣青年陳溪山的自殺，引發小說敘述者「我」的回歸鄉土臺灣，得到自我救贖，延伸到2002年《何日君再來》裡鄧麗君

逃亡異地，只為了遠離他人目光，從此隱姓埋名過平凡人的日子，再到2011年的《東方之東》，臺商張謙一去了大陸以後，有計劃地逃亡澳門，只為了躲避教授父親的陰影、完美妻子的壓力，脫去自己一貫自卑的枷鎖，在賭場裡謀生，找尋他的新生活。平路的逃亡路線，這個找尋自由的同一目標，似乎一直追隨臺灣在世界海洋中起伏漲落的地位而改變。多麼奇特的，早期的逃亡是放棄美國夢、回歸臺灣，找到紮實生活的力量，而今，是離開臺灣，失陷在中國大陸的賭場天堂。

　　本文專注的另一個主題，就是平路筆下的女人。從〈百齡箋〉、《行道天涯》、《何日君再來》到短篇小說〈凱莉與我〉，平路一貫拆解歷史窠臼，深入這些名女人的內心，細細撫慰她們的心靈水紋，並且為她們找尋其他出路的努力。平路顛覆男性思維架構下塑造金人、哄抬豐功偉績歷史完人習性，取代以女人看女人的細膩，編織出歷來被視為「男人陪襯」的那個女人，她，如何經歷同樣的歷史事件，這個女性版本的歷史有何樣貌。這裡細細比照平路筆下的宋慶齡和宋美齡，看她如何推陳這兩位中國現代史上叱吒風雲的宋氏姐妹。她們同為「國母」，卻有截然不同的質性。

　　平路在〈瑣屑九〇〉一文中提到，1994年回到臺灣，當時她曾以「虛構／解構／建構」，作為作「誠品講堂」的講題：

> 從那三個子題，大致可以回想起那幾年之間自己思維的脈
> 絡：面對臺灣社會諸多僵化的既有架構，總希望先一樣一
> 樣將之「虛構」，再試圖「解構」，一條一條析出其中的
> 理路，然後再重新「建構」更思想的社會模型。
>
> （平路，2009：53）

　　此虛構和解構，正是平路作為作家和文化評論者至今的核心精
神。從1983年的〈玉米田之死〉到2011年的《東方之東》，我們看
到平路近30年來，一貫的拆解歷史窠臼、顛覆父權思想架構、為女
性歷史找尋另一出口，更重要的是，一種永恆的「逃亡」主題。
《東方之東》裡，小說人物尚軍其實直接點出文中赴大陸尋夫的敏
惠，也就是作家平路自己的創作核心，「你看，到頭來，你的語境
總是逃亡，走不出去也要走出去。」（平路，2011：229）後面接
著的是另一句耐人尋味的話，「讀者一定覺得好笑，作者在寫她自
己的故事。」（平路，2011：229）
　　平路是一位令人困惑的作家。她的臺大心理系訓練處處在她的
創作中展現，而她也必然受了「心理測驗之父」父親的影響，（平
路，2007：221）她的作品是充滿趣味性和懸疑性的。讀平路，也
必須含著她的文字下的「餌」，跟著她走這一程心理測驗遊戲，或
者說情報員的偵察工作。平路不斷拿「大人物」來作文章，卻又明

確的有「遊戲」態度，這個態度在1996年，李瑞騰教授和她的對談中就明白提出。平路在這裡批判，或者說質疑了文學的社會功能。她說，「我相信小說是為自己的興趣，快樂而寫，至於是否還有當時寫作的正義，我倒是懷疑起來」，她不再欣賞托爾斯泰寫俄國農民的型態，也認為三〇年代許多作者，包括魯迅，後來都寫不下去。（楊光，1996：84）如此，「遊戲性」就是平路寫作的核心精神：

> 往後看，如果寫作對我有意義的話，必然會走兩條道路，一是寫實主義下樸實的寫作心情，一是對於技巧、實驗、遊戲的掌握，我相信當兩個方向合而為一時，我們便可期待未來的真正作者。
>
> （楊光，1996：85）

文學創作的遊戲性、趣味性突顯，寫作是輕鬆的，不必那樣沉重；而歷史，是有縫隙的，必須進入縫隙中，延異出不同的結局。平路寫歷史人物，就是要拆解僵化的歷史窠臼，提出可能的結局。〈情愛與小說之二〉裡說：「試著替你寫下一齣傳奇，分岔的走向，開放式的結尾，由人自行增補各種的可能。從此衍生出各種想像。不再是標本，不再需要福馬林，不再在福馬林瓶子裡腫脹發白。」（平路，2004：183）也就是說，平路文學創作的遊戲題

目，就是「他（她）可能走的不同路徑」。除了解構歷史，這樣的
歧路提供了文學創作的快樂。《百齡箋》的序文〈一百年也寫不完
的信〉裡說：

> ——哪有一定的結局？哪個又是定於一尊的解釋？剩
> 下都只是故事的素材。
>
> 歧路嗎？那是一條條蘊涵著無限可能的盆道，每一條
> 都值得我們睜大眼睛，好奇地走下去。當我們迷途不知
> 返，歧路終於換來了最大的自由，對文字工作者來說，家
> 園在望，從此可以安頓身心了。
>
> 這就是文字的實用功能。
>
> （平路，1998：6）

平路一開始以男性姿態出現文壇，拆解美國夢的虛幻，犀利評
論人權、女權、同性戀等議題，她的名作《行道天涯》和〈百齡
箋〉迫使我們看到中國現代史上兩個叱吒風雲的女人一生的角力。
她寫章亞若、寫鄧麗君、寫葛莉斯·凱莉（Grace Kelly），除了讚
歎她們之外，還有一個密碼，就是她作為寫者，總在自己和她筆下
人物之間有某一種共通性，必須仔仔細細慢慢咀嚼，才能看到她在
文中佈下的密碼，找到那個相連的細紋。也就是說，平路的寫作女

性，就是把自己融入，或者說逃入她筆下的角色，跟著她們經歷悲喜。她的寫作毫無疑問帶給她快樂。這樣說吧，平路的近30年創作，體現了兩個字——解構。她無疑是德希達遊戲態度、羅蘭‧巴特文本的愉悅，以及傅科質疑精神的具體實行者。

逃亡主題

范銘如教授在〈何日君再來〉一文中精確點出這裡的「逃逸」主題：「弔詭的是，在《何日君再來》的封底文裡，小說家竟說，『她畢生的難題是：怎麼樣才能逃離別人的眼光。』」（范銘如，2005：122）早在2000年，作家李黎也已明白看到，平路的作品中永遠有一個「消失」的成分。

> 我覺得平路的小說整個還是在講一種「消失」，〈玉米田之死〉裡面有一個消失的男人，〈微雨魂魄〉裡面有一個消失的女人，〈暗香餘事〉裡面又有一個消失的男人，到了〈凝脂溫泉〉是一個失約的男人——也幾乎是一個消失的男人。小說裡面，還有各種的消失，有的消失是一種肉身的死亡，有的消失是一種精神或理想的死亡。
>
> （蔡逸君，2000：135-136）

　　〈玉米田之死〉裡的陳溪山死在玉米田中，故事敘事者「我」為報社駐美特派員，發現陳溪山的案子，僅僅因為他自己在美國的生活已經走到絕路。他自覺在那份交差了事毫無幹勁的工作中墮落，妻子是強勢女性，沒有兒女，他在百無聊賴中每日開始讀報上的訃聞，因而發現了陳溪山。他找到了陳溪山這個同樣有過政治熱情，同樣娶了強勢女性，只不過多了一個5歲女兒的臺灣人。「於是，像陷溺的人抓住浮木，我強迫自己及時想到陳溪山，想像他舒展了手腳躺在泥土上。微風輕輕地呵護他，搖曳著的綠色枝幹像是搖籃，像是母親的手，在裡面人得到真正的安息」，（平路，2003：41）但是當他真正躺在玉米田中，他才赫然明白，整個玉米田淹沒了陳溪山，他的美國夢是一場空，就如同他自己現在的處境一樣。「比起他來，我在美國的生活還剩什麼？泥土跟我那麼疏遠，職業裡面我那麼虛偽，一點浪漫的幻想也隨年齡消逝。我有的，只是一套浮誇的生活，一個貪求無厭的老婆而已。」（平路，2003：44）突然了悟之後，他毫不猶豫的放棄了美國生活，逃出了美國夢的虛幻，回到故鄉臺灣。陳溪山的死救了他。

　　2002年的《何日君再來》，平路為鄧麗君的死亡，提出其他說法，那就是鄧麗君可能（1）是情報員；（2）吸毒，和法國男友保羅在清邁過著性愛、毒品的沉淪生活。然而，一切的障眼法之下，

最引人注意的，仍是平路一貫的主題「逃亡」，鄧麗君想逃亡。
「趁著夜色，她躲過盤查。太陽升起之前，那艘小艇消失在蜿蜒的
水道間。從此家人找不到她，世人放過了她。老哥，大名星終於過
起平凡人的日子。」（平路，2002：141）「她告訴自己，現在一
個人了，終於可以真正放輕鬆。」（平路，2003：148）

　　平路筆下的男人，從〈暗香餘事〉裡的駿二、〈尋人啟事〉裡
的世一，到《東方之東》裡的謙一，都是逃亡人物。為什麼要逃亡
呢？有兩個原因可以推測，第一，小說的女主角是能幹的主婦，丈
夫僅僅是一個配件。第二，妻子常常專注在自己寫作中，或者說用
寫作來轉移婚姻的無趣，丈夫自覺配不上妻子，落跑找尋可以給他
慰藉的女人。〈暗香餘事〉裡，「奇怪的是當時她的日子裡並沒有
少什麼，有駿二存在或者沒有駿二，東西都放在原來的地方。她的
咖啡杯、她養在日光燈管恒溫下的非洲紫羅蘭、她貓咪的收藏，她
把身體蜷縮成一團看電視的沙發，以及她抱在手裡的縷花靠枕，家
裡沒有什麼東西提醒她駿二的存在。」（平路，2000：65）「『你
的要求太高！』駿二淡淡地回嘴。『我做不到、我放棄。』講完了
駿二就不再吭聲。」找一個女人重新開始，就是他的決定。（平
路，2003：84）〈尋人啟事〉這篇小說，平路以互文手法寫1949年
大陸失陷尋找親人，對照今日臺商世一去大陸失蹤，妻子家屬殷切
尋覓。當然，最直截了當寫出逃亡原委的是《東方之東》裡，張謙

一的信：

> 敏惠，你把人生安排得如此規矩，一點錯亂不得。如果你還在記掛，還在找我，除了不放心我的下落，你只是不甘願，弄丟了不該丟的，丟掉了別人認為應該屬於你的東西。
>
> 表面上看，我陷入了莫名其妙的情境，抽身不得。但另一方面，我要的正是這樣，到一個地方，不再介意任何人的眼光！
>
> （平路，2011：218）

平路筆下的落跑丈夫早早預謀逃亡，逃出一切正常運作的「家」，就是為了這個，不再介意任何人的眼光，還有另一句謙一的話，「告訴我，怎麼樣才能夠自由自在？」（平路，2011：282）表面上看，平路寫男人和女人之間不可溝通的困境，其實，平路刻意要她的小說人物失蹤。

我們追溯這種逃亡，平路筆下這種逃家的主題，可以在平路的散文中找到一些奇特的線索。平路仿佛始終是一個找不到家的小女孩。在美國時，〈流光似雪〉一文：「晚上回家，車子駛入林木幽深的住宅區，一戶一戶隔得遠遠的。轉進車道，從窗格子裡看見亮

晶晶的耶誕樹，這是自己的家麼？總覺得更應該站在外頭。」（平
路，1998a：213）回到臺北的公寓，〈城市與……灰塵〉一文，
「浮著一層灰塵，什麼都看不真切，這公寓的格局都覺得陌生。我
到底身在哪裡？這問題令人迷惘。想想，自己是個不速之客，在7
個小矮人的故事中：闖進來之後自顧自幫著灑掃，後來，女主人翁
倒在覺得陌生的床褥上，累極只好睡著了。」（平路，2004：94）
在香港，面對大海的公寓裡，〈工作之一〉一文，「然後我回到
家，空無所有，極度寂靜，只有梵唱一樣的浪濤。坐在燈下看書，
身後是海，一波又一波，波浪沒有實相，卻又帶來了真實的安詳。
無須細辨，聽著就會生出空寂之感。手裡的書本則是某種繫念，繫
舟於此，是依歸，是心底安定的力量。坐在燈前，又像是埋首經書
的默禱，漸漸地，熟悉的自己回來了。」（平路，2005：179）

　　平路寫逃亡，其實，她是寫自己。她似乎從來沒有感覺過
「家」的必要。真正的快樂，就是自由自在，無視於旁人的存在，
而生命的至高境界，永遠無法與人分享。她在〈城市與幽咽流泉〉
一文裡說：

　　　　奇妙的經驗無能分享，始終是一個人的世界，它來自細微
　　　　的感官震顫，而且關係著純淨的心思：包括夜風吹進張開
　　　　的毛孔裡，包括手握著筆（放在鍵盤上）卻神秘地感覺到

字的律動。川端康成寫到他朋友東山魁夷的畫作，用的詞
是「寂福」：那意境大概是中夜寂坐，心地安詳，眼底卻
映現朦朧的倒影。

（平路，2004：100）

「寂福」，就是她的文字不斷烘托出的至高快樂。平路筆下鋪
陳出的人生景象，是一個個孤獨的人，被迫進入某種強制的社會體
制，然後必然的出走。

平路寫女人

平路解構社會的僵化體制，拆解家庭這個觀念，更在文化評
論中針對父權寫出許多尖銳的文章。誠如梅家玲教授〈不平之路
——峰迴路轉讀平路〉一文中所說，「隨著《行道天涯》、《百齡
箋》、《愛情女人》、《女人權力》中女性意識的不斷凸顯，她已
成為90年代以來，臺灣文壇最具代表性的女性發言人之一。」（平
路，2005a：29-30）平路明白的是一位女性主義者，而且她真正在
意的議題是權力分配，而非性向。平路〈孔二的化妝舞會〉一文寫
孔令偉，談及她和宋美齡的權力是從男性世界借來的，而孔令偉的
喜著男裝，「與其說與性傾向有關，倒不如說與權力的某種希冀亦

有錯綜複雜的關係。」（平路，2005a：110）她著力糾正的是女性如何被「誤讀」，平路也在小說創作中，打破傳統「女性典範」架構，她筆下的理想女性，正是那些可以顛覆父權夫權思想架構的女性。我們必須由此出發，才能細細揣摩平路怎麼寫宋慶齡和宋美齡。

歷史有許多縫隙，「多數男作者意在打造、形塑金人，只關心表面形象，而不在意那個有感知的『人』的細微面」，而女性作家，與其對歷史真相有興趣，「不如說對被歷史掩埋的個人感興趣。」（李欣倫，2001：101）正如范銘如〈光影邊緣〉一文所說：

> 平路的敘事技巧誠然多變，但是我覺得理性或感性、大敘述或小敘述，並不足以解釋平路創作──小說及散文──最精彩的地方。我認為從平路眼花繚亂的題材裡其實可以看出她一以貫之的關注：她喜歡凝視眾人目光透射所在的外環、光亮邊緣處若顯若隱的灰暗，推敲被漠視的、被隱匿的、難以言喻的曲曲角角。
>
> （平路，2007：11-12）

平路不是篡改歷史，而是細細追索，捕捉心靈水紋，提供可能的出口。《行道天涯》裡的宋慶齡和〈百齡箋〉裡的宋美齡，這

兩位女性在平路筆下，是不同的。平路寫宋慶齡，除了《行道天涯》，還有長文〈尋找宋慶齡的身影〉。一反「慈愛的宋奶奶」官方形象，這裡的宋慶齡是一個絕不愛熱鬧的女人，她愛同志勝過家人，她的毅力建立在顛覆傳統、敢於私奔、敢於和整個家族站在對立面。論者楊照對平路著意寫宋慶齡少女般的特質，稍有微辭：「過去的歷史太忽略了宋慶齡作為一個女人的部分，甚至可以說是用了男性論述篡奪了她的女性生命，這點當然是應該予以批判、改正的。但是女性的生命情調，是不是只有長不大、返童似的少女愛戀文藝腔，卻是在深讀《行道天涯》後值得我們進一步商榷、探究的問題。」（楊照，1995：160）這或許正是平路刻意的安排，因為宋慶齡，這位到老仍保有少女純真，絕不在乎歷史如何寫她的女子，她才是革命家。平路讓許多不同的人凝視她、描述她，還不只是公領域的形象，而是私領域裡極為生活化的宋慶齡。反觀宋美齡，平路安排她以一位百齡老婦姿態出現，一個人寫信，寫沒有人會讀的信，而她的信，充滿虛偽。正如劉亮雅教授所說，〈百齡箋〉的意旨與其說是誤解，不如說是拆解她的父權同謀，拆解她矛盾的女性意識。同時，宋美齡編造愛情神話，只為了報復。「就他們夫妻感情而言，她的信不僅扭曲事實，且是一個憤怒遺孀的巧妙復仇：她要不斷寫信，讓鶼鰈情深的證據更加確鑿，以便與丈夫寫給情婦的濃烈情書比賽。」（劉亮雅，2001：152）

　　同樣是中國現代史上叱吒風雲的人物，同樣是美麗的女人，平
路讓宋美齡顯現停格在畫面上的自戀，她是中國歷史的產物，也
是孔宋家族錢財權勢的產物；而宋慶齡，「她想，自己反叛過一
切加在身上的規範。……她翻轉了一個世
界呢！」（平路，1999：217）這種顛覆，正是平路寫作遵循的原
則。就美麗女人來說，平路的看到宋慶齡的內斂和冷豔，也看到宋
美齡的張揚和妖豔。在平路的呈現中，宋慶齡和宋美齡最大的不同
就是前者「不言不語」而後者「呱噪連連」。《行道天涯》裡：

　　　　在她此刻浮光掠影的記憶裡，她的姐妹，在二〇年代，已
　　經是上海上流社會最引人矚目的女性：妹妹美齡梳著流行
　　的長長劉海，戴花枝式的耳環，一身斑彩的美麗衣裳。她
　　的姐姐孔夫人藹齡，市井上傳說，閃亮亮的鈕扣全部都是
　　鑽石做的。

　　　　　　　　　　　　　　　　　　　　（平路，1999：169）

另一處：

　　　　莫斯科滿地都是堅冰。她在報上讀到妹妹那一場轟動
　　整個上海市的婚禮。

她的家人、她家的朋友親戚、她從小見慣的教友與牧
師全參加了盛況空前的婚禮。到這年頭，她想，她真的是
孑然一身了，全家人都站到她的對立面去。

（平路，1999：170）

我們不禁要為宋美齡抱屈，她1943年在美國國會的演講，全世
界矚目，她是全球知名的外交家和蔣介石夫人。宋慶齡，絕對不及
宋美齡的魅力。然而就是在此，作家的觀點顯現。平路的筆下，宋
慶齡的身影是：

我還是止不住地好奇，或許是出於身為女人的直覺（作一
名現象的探索者，我尊重自己性別這種特異的感覺），我
直覺的認為，宋慶齡的一生是一則女性的寓言，情感與堅
毅、苦痛與孤獨，她走過了不少女性的共同道路：想她一
個人坐在那裡，逐日成為嘴角下垂的老婦人，那簡直是一
種悲涼的姿態。而不幸地，她所目擊的幾乎是一個世紀中
國的變局，門第、容顏、愛情隨風飄逝，穿插著刻骨銘心
的背叛、爾虞我詐的鬥智、死亡的陰霾如影隨形。偶爾，
夜闌人靜，鋼琴上按下少年時熟識的樂曲，借著熊貓牌香
煙的一點火光，她在那棟陰森的大房子裡徘徊，啊，這是

　　小說的場景了，的確，她多麼適合作小說人物，很少有中
　國女性的一生像宋慶齡那麼高潮迭起，每個時期的轉化像
　她那般有跡可尋，從爛漫的少女到捍衛原則的少婦，以至
　到圓熟處事的盛年婦人。

（平路，2005：247-248）

而美麗的宋美齡，平路寫她：

　　但她知道，自己永遠是眾所矚目的焦點。她站在半圓形的
　迴廊上，繼續向每一位宴會的賓客微笑，仿佛在注視某處
　迢遙的地方，夫人戴白紗長手套的手臂微微舉起，她要維
　持這個姿勢不變，像她最熟悉的那樣，等待快門此起彼落
　地按下。夫人在回憶裡穿梭，好奇地猜想明天報紙上又該
　怎麼樣繪聲繪影描寫她？

（平路，1998：164）

　　〈百齡箋〉的尾聲，「接下去，撲面而來的死亡氣息中，她才
想起已經來不及告訴他，她其實需要丈夫的庇蔭，而她始終活在那
樣的庇蔭裡。」（平路，1998：195）就這一句就決定了宋美齡的
定位。靠丈夫庇蔭，不是作者平路可以容忍的。平路寫宋美齡，國

際外交風靡美國的事蹟不提，卻讓她在開羅和會與羅斯福調情。權謀和美豔，宋美齡是宋氏家族的產物，和宋慶齡的革命理想，不可同日而語。「少女」宋慶齡，對照「熟女」宋美齡，才能讀出作者的用心。

　　為什麼作家平路這樣厚宋慶齡而薄宋美齡呢？除了因為她宣稱自己是女性主義者，自由主義偏左以外，（賴寶笙，1996：83）有什麼其他更細微的原因嗎？平路有一篇耐人尋味的小說〈凱莉與我〉，這裡，葛莉斯・凱莉1982年車禍身亡，與小說的敘事者「我」，有一種牽連的密碼。那就是，過氣的藝人「我」厭倦了香港貴婦的生活，預設著自己的逃亡（死亡）。她特意買了一個「凱莉包包」，這款皮包是葛莉斯・凱莉從前喜歡的款式，因此以她命名。拿到凱莉包後，她小心翼翼地在開回家的道路上，精算在那一個定點突然加速，直直沖下山崖。「我」安排這樣的自殺，因為我知道，這正是1982年葛莉斯・凱莉車禍的翻版，她根本就是自殺，不是意外。她之所以要逃亡，也是為了結束乏味的王妃生活，找尋自由，找尋出口。這裡平路安排的密碼是凱莉包，而此凱莉包又是Hermes店買來的，hermes正是「傳達訊息」的意思。小說最終：

　　　　整件事，包括這巧妙的結尾，只留下了一點點線索。
　　　　身邊放著剛到手的凱莉，我有自己做記號的方

式。……在我等到凱莉包包的下午，陽光正好，山路有一
點崎嶇。

在裡維拉，一條她開車開了千次萬次的路，峭壁、岩
岸、藍綠色的海水，跟我回家的路一模樣。

（平路，2011a：22）

就是這樣奇特的密碼，成就了平路寫作許多名女人的動機和癡
情。她寫了章亞若、宋慶齡、宋美齡、鄧麗君、梅豔芳、葛莉斯・
凱莉，甚至好萊塢影星Natalie Portman，都入她的筆下。可以預見
的是，還會有其他女性出現在她筆下。為什麼平路這樣熱衷寫女人
呢？在散文〈戀愛中的鞋子〉裡，平路描述某次開會當主席，卻穿
了兩隻不同的鞋，這不要緊，之後她開始遐想，如果自己剛從另一
個女人的房中出來，因為留戀她的床，拖到最後一分鐘，然後匆匆
錯穿了一隻她的鞋，腳貼著她的鞋：

我細心地感覺穿在左腳上的、與右腳不同的那隻鞋：微微
的溫熱、輕淺的凹陷，密合地貼著我的腳掌。如果這屬於
另一個女人，當我穿著她的鞋，恰似我的腳心正在撫慰她
的腳心，我的腳趾正在勾纏她的腳趾，我的腳跟正在擦撞
她的腳跟，每邁出一步，像是密不可分的耳鬢廝磨：肉貼

著肉，腳掌印著腳掌，十指連心接繫著十指連心。什麼叫做體貼？只是她走過的人生旅途，同樣尺碼的塵泥與汗漬，也鏤刻在我的腳板上。

（平路，2005：131）

當然，這裡引人遐想的是，這是寫同性戀？但是，就這樣簡單嗎？我們不要忘記，對這位作家來說，「遊戲」才是最重要的事。平路短篇小說〈蒙妮卡日記〉裡有一句話提供了線索：「闔上報紙，她說，後來我想通了，每個女人都不滿意自己，倒不是性傾向的問題，其實是很平常的願望，希望自己做另一個女人，覺得另一個女人才更像自己。」（平路，2011a：33）她穿著另一個女人的鞋，走過她的行腳，就是平路的快樂。

平路寫臺灣

從平路的文字追索，她在臺大時期直接或間接參與過黨外運動，或者說愛過一位熱衷黨外運動的同學。這個人不斷在她小說中出現，就是〈凝脂溫泉〉裡那位1979年美麗島事件入獄，後來和黨外家族女兒結婚的「恭江」。這一點不重要，重要的是，從平路的文字判斷，作為一個外省第二代，平路站在臺灣民主進程中的黨外

勢力這一邊。在〈臺大八〇〉裡,她說:

> 　隔了許多年再重新回溯,卻好像我們那一代人的宿命,屬於這整整一代臺灣人始終不能夠脫離的社會氛圍:從戒嚴、解嚴到全面民選、政黨政治,我們這一輩臺灣人的經歷,如此巧合地與臺灣民主化運動平頭並進。恰似湯瑪斯‧曼(Thomas Mann)說過:「在我們的時代,人的命運以政治語彙展現其意義。」("In our time the destiny of men presents its meanings in political terms.")
>
> 　至於我,如同我們一代的人,我走不出這個宿命,始終走不出這個島在時間裡的迴旋與擺盪:向前幾步,又註定被推擠回原位,然後又顛簸地繼續向前挪移……即使自己大學畢業就去國多年,這力量牽引我有一日再回到臺灣,並以各種方式介入臺灣社會正在發生的各種轉變。
>
> (平路,2009:46)

　　在此,她也遺憾社會運動的耕耘被政治激情席捲而去。(平路,2009:56)讀平路,會發現她寫出外省第二代對臺灣的冷漠,比方〈在巨星的年代裡〉,「漆黑的夜色裡,仿佛看見自己僵硬的腰身、筆直的西褲褲腳,恭謹地站在街口。近處暗紅的燈影,以及

夜市裡屬於花街的騷動，對一名臺北長大的外省少年，竟可以無動
於衷。」（平路，2003a：78）這裡，她也質疑了外省老一代終其
一生對臺灣的不著地狀態：

> 此刻我奇異震撼的心中，卻替我外省籍的父母感覺到了羞
> 愧——啊，他們這一生中，何曾打開他們的胸襟，擁抱過
> 他們終於葬身的土地？——聽人說，在彌留的光景，父親
> 居然一挺身從床上坐起來，對著窗外一棵照眼明的鳳凰木
> （父親最後一年間住在南部的老人院），他竟笑咪咪地說
> 他看見了老家院子裡的榆錢樹，「掉了一地的榆錢！」他
> 含笑閉了目，等不及萬里外匍匐奔喪回來的兒子。
>
> （平路，2003a：52）

可以想見，平路是反叛父母的。她從小就是一家三口中的那
「一個」，而父母是「兩個」。所有的叛逆早在原生家庭中已經形
成，父親代表的教員家庭的刻板和正規，母親和父親同一戰線，獨
生女的她，唯一的快樂就是閱讀，在文字中，找到自己的城堡。也
就是說，小路平一直以寫作築起她的城堡，不讓外人進來，也不讓
自己受到傷害。設想她這樣一個正藍旗的子弟，愛上國民黨黑名單
分子，當然是一種前衛的革命行為，莫非，這就是她和宋慶齡之間

的聯繫？革命愛情？

　　她在美國近18年，竟然連根拔起，回臺灣，這是不容易的。平路談到在美國工作，她漸漸地變成了一個和美國人一樣，說話表情極誇張的人。〈文字情迷〉裡：

> 　　也因為那時在美國上班，任何與中文相關的記憶都是不必要的負擔，已經丟得差不多了。只是不要不經意地看到鏡子裡自己的臉，一張好像戴了人皮面具的臉。說英文的時候誇張著表情，邊說邊笑地運動臉部肌肉：Oh, Really? You mean it!
>
> 　　Oh, Really, 真的，真是這樣的，一點也不假。我挑高眉毛，作出驚異的表情。最大的驚奇是：我警覺到自己正在漸漸變成另一個人，與過去的自己不再相干的一個人。
>
> 　　於是，就重新拾回寫字的能力，漸漸剝竹筍一樣，那是一種回溯的過程，愈接近內心的深處：質地愈柔軟，顏色愈純淨。
>
> （平路，1998a：124）

　　平路必然是在參與臺灣的文化走向中，找到了自己的安身立命之鄉。美國夢，是丟棄了。那麼，她筆下的臺灣有何樣貌呢？平路

在〈驚夢曲〉和〈島嶼的名字〉兩篇小說中，曾為臺灣預測前景：變成遊樂場、變成世界陸地的一部分，不見了，消失了。針對〈虛擬臺灣〉這篇小說，論者沈乃慧評析：「雖然〈虛擬臺灣〉寫的只是虛擬的網路遊戲，卻隱含著強烈的政治暗示。尤其當遊戲浸入2006年的臺灣──就在平路寫這篇小說的未來10年後──所顯現被中國統一的預言，似乎暗示平路對臺灣未來的預測。」（沈乃慧，2006：304）另外，「這自然說明平路認為臺獨主張的成功率極低，可是有趣的是，小說明白昭示尋找這一次難能的結果的途徑，卻是主角『你』的政治意向似乎已昭然若揭。」（沈乃慧，2006：305）

在《東方之東》裡，故事以互文方式帶出3條主線：（1）敏惠去大陸找失蹤的丈夫謙一，（2）敏惠在北京遇到了異議分子（或者稱維權分子）尚軍，遭騙財騙色，（3）敏惠在寫順治和鄭芝龍談臺灣的故事，這裡，鄭芝龍主張降清，兒子鄭成功反對。正如《何日君再來》寫的是鄧麗君的逃亡，這裡，在父子兩代、男女兩性、臺海兩岸的層層障眼法之下，圍繞的仍是一個「逃亡」主題。謙一逃到澳門找尋重生、敏慧逃入文字躲避婚姻破敗、順治皇帝逃出清宮，躲避決斷臺灣問題的責任，而「東方之東」，是早年葡萄牙詩人找到的東方主義沉淪天堂。

《東方之東》裡，鄭氏父子對於降清與否，意見不同，但是史

實是,鄭芝龍終究被殺,而鄭成功的鄭氏臺灣也過不了三代,終被
滿清收服。臺灣連接海上帝國的嚮往,當然比清宮的萬刃宮牆寬
宏,但是,白說了。尚軍口裡「你們那小島的收場」,就是:

> 康熙二十二年癸亥,《清稗類抄》記載:「海宇蕩平,宜
> 於臣民共為宴樂,特發帑金一千兩,在厚載門架高臺,命
> 梨園弟子演戲。」年底,厚載門的城門樓上架起戲臺,與
> 百姓同樂,為的是慶祝平定鄭氏臺灣。

(平路,2011:239)

　　平路寫的《東方之東》,敏惠萬里尋夫,找到的唯一慰藉是愛
情騙子的暴烈性愛,謙一的溫良恭儉,找到的是酒店女子相伴的
賭場生涯,葡萄牙詩人的「東方之東」,是每日數次的中國女子
服侍抽鴉片。這個美麗的東方之東,大家可以自由自在、沒有任
何壓力的地方,誠然就是一個墮落天堂。然而,平路在此設下的
逃亡密碼,竟然還包括順治皇帝。順治是出家了,還是驅車逃亡
臺灣去了?平路在此鬆動的歷史令人不覺莞爾,史載順治死於天
花,但是這裡,他好像出了宮門急急向東走,吞下鄭芝龍的餌而
去了。

　　許多年後，後來人以訛傳訛，傳說中是破曉時分，那頂軟轎上五臺山，做和尚去了。

　　鄭芝龍至死也不會知道，他在年輕的皇上心中，埋下過一個迢遙的夢想。

（平路，2011：236）

　　「康熙登極的同時，宮門裡出來的那頂小轎，正加緊了速度一路東走。」（平路，2011：237）一路東走？五臺山在山西，從北京城一路東走，是去哪裡呢？如果順治在平路眼中其實是個可愛可憐的小男孩，根本擔不起決定臺灣前途的抉擇，她讓他逃走，竟是一種愛惜。多麼奇特，平路對筆下人物的愛護，表現在讓他失蹤、讓他逃亡上。平路曾說，她喜歡《小王子》這本書，《小王子》法文原書名Le Petit Prince，是著名法國童話作品，聖艾修伯理著，1943年在紐約出版。被譯成超過180種語言，銷售量超過8000萬冊。她說，「在我心中，聖‧修伯理就要像他筆下的小主人翁，神秘失蹤才好。」（平路，2005：52）

　　如果歷史在此打住，臺灣還沒有被清軍打下，鄭成功還沒有死，平路是否暗示，海洋世界，遠比北京紫禁城的高牆廣大，連順治都急於逃出，為何鄭芝龍不知道，他的未來只有死路一條？《東方之東》的臺灣夫妻失陷在中國了，但是小說最終，是這樣結束的：

海基會表示,這起臺商失蹤畢竟屬單一事件,不影響
兩岸交流,下一次兩岸協商,仍會針對臺商安全問題進行
討論。

海基會副秘書長強調,多年來,海基會一再呼籲大陸
注意臺商人身安全,下月的協商將再次提出此一議題,要
求對岸加強臺商安全保護。

(平路,2011:285)

樂觀無比。除此之外,還能說什麼呢?

平路的解構遊戲

平路在〈唯將舊物表深情〉一文裡說,「我們小說作者,對每
一位小說人物,都有特殊的情愫,也都有本身心境的投射。閱讀舊
作,竟是與昔日的自己打個照面。」(平路,2003a:10-11)對於
自己的持續寫作,平路這樣道白:

我的文字並不甜美,從來不是討人喜歡的作者。當年
常有人勸我不要寫。即使寫,也選一些溫馴的體裁。我楞

　　楞地寫下去，總是一再地犯禁，包括描摹不該碰的人物，
包括衝撞各種灰色地帶。

　　　寫作，對我來說，當然不只是心情的記錄。默不出聲
的外表下，正在頑強地……做難以被人理解的我自己。

　　　　　　　　　　　　　　　　　　（平路，2003a：11-12）

　　為了做難以被人理解的自己，平路何其矛盾啊！早先以男性口
吻寫小說，就是怕人知道是自己寫的，〈文字懸絲〉：「之前，我
其實不喜歡在文字中談論自己。再久以前，矯枉過正吧，我的小說
主人翁性別多是男的，刻意去規避與我本人做出任何聯想。」（平
路，2005a：183）她可能，就如她的小說人物，想逃。但是，她仍
舊是寫了下來，而且越來越釋放自我。對她來說，「愛」這個字的
定義就是〈盲眼情人〉一文裡描述：「從那時候起，對我來說，曠
缺的感覺才叫作深情。……寂寥地、無望地……為僅見過一面的人
在編故事，就是我這種人最大的浪漫。」（平路，2005a：139）也
許，平路一直逃入她的小說人物來拯救自己。就這樣，她寫了宋慶
齡、宋美齡、鄧麗君、葛莉斯‧凱莉，這麼多女性的故事，在歷史
的縫隙中，在未達目的地、兩頭不著邊際的懸虛狀態中，好像空
中飛行或者海上航行的過程中，她創作了平路版本的人物故事。
為何寫作，因為快樂。「因為那個痛苦和快樂混雜的感覺實在太

好了。」（馮賢賢，2002：13）說她顛覆的高手也好，（鐘淑貞，1995：21）說她議論的小說家也好，（沈乃慧，2006：292）平路忠貞力行的是解構的文學遊戲，鑽入大樹的枝葉，寄生在枝葉末端，延伸演繹出其他出路。這就是文學的功能，也是文學的快樂。誠如2011年的訪談中，她仍堅持，支撐她持續書寫的，是「作者和讀者的樂趣」，也就是說，讓讀者讀她的小說是一種享受，她自己也在寫作中感受到不斷的熱情，而此「樂趣」就是支撐她持續創作的動力。（廖之韻，2011）

　　如果我們按照平路寫女人的方法，進入她的內心，探索她的心靈水紋，我們看到平路一種「無處為家」的奇特心結，仿佛，她一直停留在一個小女孩的階段，不斷從外向內看，她是孤獨的一個小孩，而房裡，是高齡嚴峻的父母。這個小孩時時企圖叛逆，卻又無法擺脫那種孤單無助的矛盾。這種父母的權威，如果擴大延伸為父權、夫權，和整個國家機器，所謂的體制，我們就可以看到為什麼平路的核心精神，就是對所有權力架構的反叛、質疑，和顛覆。逃亡，可能就是平路這位作家自己的人生故事。所有的文字和事功都是武裝，為的是捍衛自己內心的孤獨城堡。可能，平路的遊戲態度，也正是一種逃逸。她表面說，我的寫作全是遊戲，但是，她的遊戲，卻是這樣嘔心瀝血建構起來的。

＊本篇縮簡版收在〈平路筆下的宋慶齡和宋美齡〉。《文訊》320（2012年6月）：
46-49。

引用書目

平　路，1998。《百齡箋》。臺北：聯合文學。

＿＿＿＿，1998a。《巫婆の七味湯》。臺北：聯合文學。

＿＿＿＿，1999。《行道天涯》。臺北：聯合文學。

＿＿＿＿，2000。《凝脂溫泉》。臺北：聯合文學。

＿＿＿＿，2002。《何日君再來》。臺北：印刻。

＿＿＿＿，2003。《玉米田之死》。臺北：印刻。

＿＿＿＿，2003a。《五印封緘》。臺北：印刻。

＿＿＿＿，2004。《讀心之書》。臺北：聯合文學。

＿＿＿＿，2005。《點滴纏綿》。香港：天地圖書有限公司。

＿＿＿＿，2005a。《平路精選集》。臺北：九歌。

＿＿＿＿，2007。《浪漫不浪漫》。臺北：聯合文學。

＿＿＿＿，2009。《香港已成往事》。香港：牛津大學出版。

＿＿＿＿，2011。《東方之東》。臺北：聯合文學。

＿＿＿＿，2011a。《蒙妮卡日記》。臺北：聯經。

楊光記錄整理，1996。〈在時代的脈動裡開創人文的空間　李瑞騰專訪平
　　　路〉。《文訊》130（1996年8月）：81-86。

范銘如，2005。〈逃離與依違　《何日君再來》的空間、飲食與文化身
　　　分〉。《當代》215（2005年7月）：122-137。

蔡逸君，2000。〈凝脂溫泉VS.尋找紅氣球——平路、李黎對談錄〉。《聯合文學》190（2000年8月）：134-141。

李欣倫，2001。〈「her-story」的私語及建構 專訪平路〉。《文訊》194（2001年12月）：99-102。

楊照，1995。〈歷史的聖潔門面背後——評平路長篇小說《行道天涯》〉。《聯合文學》126（1995年4月）：158-160。

劉亮雅，2001。〈平路《百齡箋》導讀〉。《文學臺灣》38（2001年4月）：149-152。

賴寶笙，1996。〈平路 寫作的人 終究要不斷的寫下去〉，《生涯智謀》12（1996年2月）：80-83。

沈乃慧，2006。〈島嶼的憂鬱夢境——評析平路的後現代臺灣意象〉。《花大中文學報》1（2006年12月）：289-309。

馮賢賢，2002。〈平路 在寫作中照見自己〉。《人本教育簡記》159（2002年9月）：9-13。

鍾淑貞，1995。〈平路回到心愛的土地〉。《幼獅文藝》502（1995年10月）：17-21。

廖之韻採訪，2011。〈平路——填補歷史縫隙，說自己的故事〉。《中時雜誌》（2011年1月6日）。

蘇偉貞寫藍灰色北京邊緣人

　　作家蘇偉貞（1954-　　）1990年的長篇小說《離開同方》中，有
下面這一段奇異的文字：

> 沒有顏色、沒有背景，光剩下一群年輕的男女，臉上是緊
> 張的，因為沒有以前。那彷彿是一個詭異的世界。使人覺
> 得年輕生命本身的恐怖——還得活那麼長，那麼黯淡，而
> 偏又不知道以後。
>
> 　　　　　　　　　　　　　　　　（蘇偉貞，1990：304）

　　這是她描述一張老照片，照片中的人，是1949年隨著國民黨來
到臺灣的軍人和眷屬。說它奇異，因為它道出了作家蘇偉貞寫作的
核心，一個沒有名目的流浪隊伍，沒有權勢地位沒有財產靠山，他
們因各種理由離鄉背景，跟著他們的領袖蔣介石來到臺灣。沒有明
確的未來，單有年輕身體和生命待消耗，這一群非權貴的外省族群

聚集在眷村裡經歷生活、自成一格。走不出眷村，村外是一片他們
害怕的陌生語言陌生人群；卻也回不了故鄉，故鄉將在1987年，幾
乎40年後才可回返，到那時，這群年輕男女已經進入晚年。就是這
樣莫名荒誕的生存空間造就了蔣介石手造的每日飲「反攻大陸」如
甘泉、不完全是中國人也不完全是臺灣人，沒有父母沒有家族只有
精神領袖和自己赤手空拳打造人生的蠻勁衝力，他們，無論男女，
必須在沒有家教的情況下自成風格，而且要活淂精采。這，就是蘇
偉貞寫作的核心，也是她作品的動人處。

　　沒有以前，卻又不知未來，流浪族群顯現出的首要特性就是
「邊緣人」生存狀態。他不是故意的，而是血液中的先天因子。進
入一個島，卻不是為了渡假，也沒有長久打算，而日子仍必須過，
一切家常的結果就是孩子照生、架照吵、泡菜照醃，惟獨不進入臺
灣社會，而是以旁觀姿態自我保護，保護自己脆弱的流浪生命、保
護自己卑微的政府照顧、保護自己仍然想回家鄉的一點點希望。在
他絕然不參與的邊緣姿態確定之後，他的人生除了消耗，還冀望產
生奮力一搏的火花、一種戲劇性的撒野奔放。民國38年到臺灣後什
麼都不確定，還怕什麼？就是這樣的內在爆發力給了作家蘇偉貞作
品的奇異色彩，絕無僅有的內在悲劇。她的人物是卑微的小人物，
是國民黨權貴之外最邊緣的一群被遺忘弱勢，是倡優造化的一群戲
劇人，沒有舞台，自己搭一個舞台，自編自導自演自得其樂。蘇偉

貞寫富於戲劇性的小說，這裡有男女愛情婚姻、有眷村人物采風、有臺灣民主漸次茁壯後的適應困頓、有走出小島回歸大陸或者進入國際空間的經歷、有以混亂為時髦的家庭關係、男女關係、同性戀關係，還有死亡的真實記錄。無論蘇偉貞編寫的劇碼為何，[1]她一貫緊緊抓住流行的觸角，她的小說好看，因為它具備戲劇張力和一種明確的「非道德」主軸，也就是說，蘇偉貞擅長寫的其實是犯罪事例，而她的罪犯卻不罪惡，反倒是舞台上最亮眼的精采人物，男女皆同。而她所建造出來的精采人物第一特點就是獨行、孤獨、敢愛敢恨、飲食男女、死尚且不怕，何況是生？

「離開」同方新村、「熱的滅絕」、「漂流的島嶼」，「流浪隊伍」，蘇偉貞筆下1949年如拔河遊戲中被戲謔放失掉繩頭的一端留在了臺灣，[2]但是，他們浮游在臺灣土地的表層，觀看眾

---

[1] 蘇偉貞寫作受到她讀政治作戰學校影劇組訓練的影響，關於這一點，參見：巫夢虹，〈論蘇偉貞短篇小說中的女子感情類型〉，《傳習》（國立臺北師範學院）16（1998年4月）：125-144；蘇偉貞，〈短篇小說寫作經驗談〉，《文訊》36，頁92；徐鋼，〈復活的意義，無聲的陰影，及寫作的姿態〉，周英雄、劉紀蕙編《書寫臺灣》（臺北：麥田出版，2000），頁373-390等文。

[2] 在《時光隊伍》裡有如下一段文字：

史上最大遷徙會不會不過是數字遊戲？大堆人馬同時一塊兒

生生活，「我們只是走過人生，像走過一條街道。那樣的五顏六
色。」（蘇偉貞，1989：iii）對於他們，唯一可以效忠的是國民黨
黨國教育的軍事化「非人」時間之河，在這樣絕非正常的化約管
理中，流浪隊伍有了最大的自由，一種外人無法輕易看出的法西
斯沉醉。蘇偉貞在1996年《封閉的島嶼》的自序〈封閉〉中有如
下的話：

> 在軍事化的小說中，沒有一個人是「正常」的，他們進入
> 非人的時間之河中，用一種聖潔的水衝擊自己，世界停頓
> 下來，懲罰他們，在他們，這個世界任何地方，都只有一
> 個名字──軍中。與其說他們堅貞剛烈，不如說因為內在
> 卑微。我是在這裡頭明白，人生沒有絕對的高貴，沒有什

玩拔河，其中一隊左右挪移，越過東海到了臺灣，北緯27度、東
經123度到北緯23度、東經119度，一方拔著拔著放掉繩子，失了繫
繩，放掉的那方：「別動，待在那兒吧！」（二○○四年，國防部
長在立法院出示一張臺海中線圖，民國四十年美國畫的，「對面知
不知道，我不知道。」但看對面戰機的飛行狀況，應該是知道。然
後說了句名言：「如果對方越過海峽中線，我們也要過，不能都不
動。」）
　　史上最神秘的時光隊伍一支。也有假旅人。
　　見蘇偉貞，《時光隧道》（臺北：印刻，2006），頁127。

麼不可放棄。

（蘇偉貞，1996：27）

　　正因此，蘇偉貞的外省流浪隊伍隨著臺灣島上「臺灣人」意識的漸次崛起茁壯而相對消耗潰散放失。他沒有選擇必須放失，他開始面對甚至無以名目的自我悲劇，離去，一如1949年的離去中國大陸，他的生命建立在不斷不可停止的流浪腳步，外人看來最最輕賤無根的虛浮存在卻正是他對抗生命荒誕的唯一實在，活著就是走，不走就是死亡。這樣奇異詭譎的流浪隊伍，當他不走的時候，當他「紮營」的時候，他唯一的安身立命之鄉就是絕對軍事化的精純單一偉大效忠。是在這樣絕不紮根的軍事化游擊隊、部隊生存方式中，作家蘇偉貞的筆下蒼生有了人的高度，活著就是戰鬥，戰鬥完了拔營走人。無論是寫眷村還是寫愛情，[3]是戰鬥精神給了蘇偉貞小說特有的根基磐石。這裡看似外遇、三角、四角、五角的愛情關係或者性交流，和愛情沒有必然關係，也不必關乎性，只關打一場

---

[3]　梁一萍教授提出，蘇偉貞的作品主題可分為二，第一以軍人眷村背景為主，代表作有《離開同方》（一九九〇）；第二以女子情欲為主，可以《沉默之島》（一九九四）為代表。見梁一萍，〈封閉之外：《以上情節》導讀〉，《臺灣文學》（2001年4月）：141-144，頁141。

好仗。情場如戰場，參戰者展現實力或者暴露無能，一雙或者一群男女在懸空的虛無上廝殺，誰贏誰輸都沒有勝利的快樂，因為即使是他們最最大戰（或者大愛）方酣的時刻，他們都冷澈的知道，這只是一場消耗戰，他們註定是永恆的失敗者。誠如作家如同宗教參透的一句話：「我已經逐漸發現，有些事無論你使多大力氣，都跟事情本來的面目無干。」（蘇偉貞，1996：27）范銘如教授也精闢的指出：「由《離開同方》到《沉默之島》，我們不難查察到作家對於自我的身分定位、人際的溝通對話以至國族的想像認同，有著越來越悲觀的傾向。」（范銘如，2002：100）遊走在自我意識越來越強大的族群國家口號之間，生存在歷史的夾縫斷層之間，邊緣人唯一的份量尊嚴就是活淂精采，當我棲身的夢幻桃花源變成他人的新建國家，當我證件上填寫的祖籍早已滄海桑田改名更地，[4]一切變成了「偽」，我只有從最沒有資源的貧瘠上創造自己的高度，靈魂的高度，以我自己的方式攀登高峰，從南方之島到北方白雪高

---

[4]　《時光隊伍》裡，蘇偉貞記載了自己對「籍貫」的真實經驗：

> （……好怪的是，祖地升級成了廣東省番禺市石井鎮慶豐村，你填籍貫，還寫廣東省番禺縣，是廣東省番禺市石井鎮慶豐村正式宣告你們正式成為不再是等待回家的流浪族，你們是新臺灣人，移民。）
> 見蘇偉貞《時光隧道》，頁150。

原，靈魂升高，軍人魂魄的偉大報復。

　　2006年，蘇偉貞推出力作《時光隊伍》，記錄包括護衛故宮寶藏流浪的一群知識份子、母校政工幹校戲劇組第一期的精采人物，及她丈夫張德模在內的屏東東港眷村流浪隊伍，嬌小的作家蘇偉貞龐大的歷史視野是驚人的！然而，正如她一再重複：「當我已經不去抵抗，也就終於明白，其實我寫完他們，也就放棄了他們。我寫完，所有一切，也同樣結束。」（蘇偉貞，1996：27）作家在記錄他們如何生存的時刻，也同時明確的宣佈，這個流浪隊伍已然或者正在消亡。流浪大戲收場，演員代謝，靈魂上升。

在名份之外，在非出生與久葬之地邊緣

　　蘇偉貞寫作的兩條主要線索是外遇和臺灣的外省族群。這兩項看似絕無關係的小說主題卻擁有同樣的底層色彩，那就是一種流放於外，無法進入正統核心的宿命悲哀。蘇偉貞的愛情小說圍繞一個兩女一男的戰場，一對夫妻，和這對貌（不）合神離夫妻之外的一個女性第三者。沒有惡人，只有無奈。她的女性戰爭在男女戰爭同時進行的緩衝下顯得文明，甚至往往兩個女性都極為精采。作為作者，蘇偉貞顯然從不真正責備妻子或者婚外情的女性第三者，而是不可自拔的沉溺在這樣灰茫膩人的人性角力場中，她真正批判的卻

是這兩女之間的男人。作家的戲劇不在兩個女人爭風吃醋廝打鬧場，而專注在人與人之間的交易，誰對誰不公平？誰失了戰鬥風度？誰，在人性的天秤上，欺侮了誰？因此她的情場上每個人都有平均的立足點，終結是什麼永遠不重要。

在小說〈他日之約〉裡，蘇偉貞絕無僅有的直接道出她不斷觸及的主題「外遇」：

> 事實上，那擾人的情感外一章十分典型，我都不願強調說
> 它是「外遇」，它當然就是。無論你認為它多麼深刻；再
> 深刻，你再需要它、再獨立的個案，它都是。當然它也就
> 像所有的外遇，令你迷惑且一時不易解決，它並且有一個
> 通性：外遇發展到某一程度，你不忍心同時傷兩個人——
> 妻子及情人。
>
> （蘇偉貞，1999：64）

沒有名份的情人，千夫所指的外遇男女，如何面對社會壓力挺直腰桿走下去？盡責的妻子，又如何面對自己寧可掩面無睹的婚姻岐路？這就是小說的戲劇性所在。從八〇年代〈陪他一段〉裡費敏悍然無悔的「她找他出來，告訴他——我陪你玩一段。」（蘇偉貞，1983：3）以及「她覺得自己真像他的情婦，把一切都看破

了，義無反顧的跟著他」，（蘇偉貞，1983：11）到九〇年代〈今天的信〉裡的如下文字：

> 我在此時卻突然決定對你說些什麼，我開始慢慢說：一個人勾引另一個人，應該具有一貫的精神與是非，你若潛藏有保護原有生活的性格，你就該有承認自己卑微的情操，如果以為模糊便是含蓄，你意圖保護的一切即不存在，人和人皆可漠視這個事實。也許你原先不知道，但是你發現後，就該停止。停止的時間太晚，顯得你我皆無誠意，你陷我於不義；於是你，你經營我們的交往一段時日後，你當然自有主意，這點我何嘗不心中有數，你以主權姿態控制我們的情感，我由你，但是你以高姿態控制我們的情感，必定得到輕視，我一向知我對你做了什麼。我對你的說明，即是我的印證，話不長，經過一條街便說完了，但是內容夠反覆無常了，足夠以一生推翻它，如果你不同意。如此敘述，我的傷痛不比你輕，我甚至不要知道你的反應；我相信經過這次痛擊我開始可以思考了，我再度變得柔潤一點，開始如以往般安靜對你，這或者意味著一種情感的結束，卻是一種暫時無法名目交往的開始。令人傷感，卻無法改變。這是你我共同決定，你堅定的自主性，

加上我固執的自尊，蕭伯納說「友情的報應到了。」我想
的確如此。

（蘇偉貞，1999：50-51）

　　蘇偉貞的外遇女子不斷重複的是一種知性思考，不是如何搶男
人，她最明顯的特徵竟然就是「不爭」，也不是自責失德，而是認
真的探討這種沒有名份的男女關係，或者說無以名目的親密隱私關
係，是否有出路？男人與女人，婚姻是唯一出路嗎？其實答案早就
是否定，不然作家蘇偉貞不會不厭其煩一再回到這個主題。九〇年
代她進一步探討人與人之間的所謂「灰色地帶」，那種關係不明
確，無法公開無以名目，無法割捨卻又不知是否實際擁有的莫名人
間狀態。然而令人困惑的是，筆下掩不住強悍軍人作風的蘇偉貞是
以此為「惱」？還是以此為「樂」？如果是惱人，割捨是軍人最能
做到的基本訓練，她一再說明：沒有什麼不能放棄的。然而，不放
棄。不滿意，卻也不離開。這樣的藍灰色情調充斥蘇偉貞的外遇小
說，特別是其中的男性。在小說〈星球，私人擁有〉裡出現這樣藍
灰色調的文字：

　　　　我在pub裡發現第一座私人星球。……
　　　　他們無論做什麼，有一個共同的狀態──他們覺得自

己是隱形的，預告著行走在寸土寸金的世道邊緣，你不可
能不需要灰色的、沒有國歌的個人領土、桌面、煙、舊式
火柴盒、酒、花生米……雕刻自己的門牌。

（蘇偉貞，1999：116）

　　這樣的隱形人，不著任何邊際，小自男女大至家國。你說他不
負責任，他以藍灰色的無奈回報你，他就是這樣，他來自流浪家族
他流著流浪的血液，你要責任？另請高明。同樣的隱形人，「你懷
疑你像個鴉片鬼，所有東西頂好都在四周。方便走到的腳程，一把
好椅子，你才坐定，不需要開口，吃什麼，喝什麼，抽不抽煙，回
到子宮，比你的親人、朋友更柔軟的接觸。你很清楚，你其實滿享
受這種狀態。」（蘇偉貞，1999：123）蘇偉貞的外遇小說圍繞一
個本身不能完整的男人，而女人卻為了求得完整為他奔走。早在八
〇年代的〈世間女子〉裡，夾在妻子與情人之間的男人突然悟道：
「唐子民看著眼前的二個女人，在名份上余正芳是內人，在精神上
卻是個外人，這一內一外對照在一起，像他生命這本書的封底面和
內容。最重要的，她們之間誰贏誰輸，他都不完整。」（蘇偉貞，
1983：131-132）他卻不知道，他的不完整來自身世的漂流、父母的
無根、自己在臺灣的浮虛生存。沒有根的生活，任何事都說不準，
男女又何嘗例外？在〈他‧我們〉裡，男人是一個遊蕩者，沒有承

諾卻也不消失,「他那樣晃著、蕩著,充塞在妳生命中,沒說要連
結成一片霸佔妳全部,更不能懷疑這事反面的意義,夜半可以打電
話來說:『早點嫁人吧?』可是夜半打電話又另外代表了什麼?不
是光明,卻也不是黑暗,什麼也不是,真的好奇怪,沒有任何形
式。」(蘇偉貞,1983:202)

　　不是光明也不是黑暗,一如流浪隊伍隨著蔣介石來到臺灣,挺
著一個不能光鮮亮麗揚威世界的「中華民國」招牌、無法認同堅
決要和自己出生地中國分道揚鑣的新「臺灣」;回到大陸是「臺
胞」,在臺灣是「外省人」,到了國際社會是讓人搞不清是哪個
「中國」的中華民國。他是全天下人都認為你是臺灣人,只有他自
己不想被稱為臺灣人的蔣介石流浪隊伍。有誰真的關心過這個流浪
隊伍的不負責任、不著邊際、永恆邊緣,來自他的宿命悲哀,他整
個人生這樣漫不經心的被擱置,他當一個無情郎社會邊緣人算什
麼?如果他帶給女人的是迷途失所,那是因為他自己本身的位置就
是失所。迷途就迷途了,除了號稱「偉大的迷途」,還有什麼方法
更能給自己壯膽?小說〈童話季節〉裡有如下文字:

　　　　那天我回到家後,燃亮屋內的燈,我看著我屋內的燈光和
　　　　你窗口的燈光並無分別,那麼,是哪裡錯了呢?不死不活
　　　　的臺北冬夜雨季,像一名心理患者躺在他離不開的診治

室，多麼龐大的歷史、愛、情結……，如果這是我們共同
的命運，卻是各自承擔了它，你以孤獨，我以失眠。每當
想起這些，都覺得自己像外星人掉在中央車站，人生最繁忙
的驛站，我卻哪裡也不去。我要去的地方說也說不清楚。

（蘇偉貞，1999：75）

沒有名份的情人、永恆邊緣的過客，偉大的迷途造就的是翡翠
琉璃的閃亮破碎。不參與、不負責、卻又不拒絕的藍灰色孤獨行者
成就蘇偉貞小說裡的男性魅力。他的自身悲劇淡化了他對別人造成
的不便，他本身格格不入卻不具殺傷力。正因此，流浪隊伍的男
人成了一個個孤島，藍灰色的狀態不明孤島，一如他們棲身的臺
灣島。

臺灣，美麗的島嶼。流浪隊伍到了東港，蘇偉貞的《有緣千
里》這樣開端：

四處蟲鳴，夏夜蛙叫驚人，海浪遠聲唱和，夢鄉沉浮
其上，自有一份異國情調，千苦渡海來臺，關山夢飛，要
回去？今夕何夕；東港面山傍海，倒具備了渡假地的環
境，房子一蓋，又像份長久打算了。

八方起落匯成一股吸收線，單薄的日式木板建築，什

麼也包不住，隱隱四散，彷彿大地的脈搏。南臺灣特強的
生命力幫助了這群大陸撤守來的軍人、眷屬。只要活著，
年頭很快會過去，誰也沒有打算在這裡久待，可是難說，
災難擴張，民國三十八年以後的日子不得不相信許多事，
無條件的相信。

（蘇偉貞，1984：1-2）

誰也沒打算久待，在散文〈臺北風雨〉裡，蘇偉貞有這樣的文
字：「不知道是不是因為這地方究非人的出生與久葬之地，所以分
外被挑剔，而且不帶一絲情感的挑剔。」（蘇偉貞，1987：49）在
非出生與久葬之地的邊緣，〈耳語三日〉裡，「我因此更清楚我現
在所在的地方，一個我毫無辦法的城市，我承認我不習慣、不需要
習慣。一段異地之旅，來到這裡，接觸原本就熟悉的人事、同質性
文化小圈子；相仿的生活內容，你又明明知道你脫離了原來空間。
這的確使我處境更孤立，等於你自己宣告你不在這個社會裡。我確
定的是，我不要擺脫邊緣人的身分。」（蘇偉貞，1999：182）

孤島眷村，人的高度

藍灰色絕緣孤島落在臺灣的外省人生死與共榮辱皆同的密集生

活點——眷村。外人永遠無法了解眷村內部的巨大凝聚力，歲月可以無盡前移世界可以改朝換代，眷村是一排排同樣的房子、一棵大榕樹下的石凳，古媽媽黃媽媽抽著煙聊一整個下午的慵懶夏日午後。它最大的特點無疑就是團結，不論是自願還是被迫，或好或壞大家都命運共同體。蘇偉貞寫眷村時筆下生氣蓬勃，而且，像一個戀家的孩子不斷回到過去，一張熟悉的床一條久用的毯子都那般溫馨難捨。她寫眷村，只寫好的，連壞的都變成好的，奮鬥成功是光榮，離經叛道羞辱門楣卻也是風範高標的精采人物。一如沈從文寫湘西村民，任何罪惡經過沈從文慈祥的眼，烘托成最美的畫，吊腳樓上的不是妓女而是聖女、水手牛保是情聖、蕭蕭不是與人通姦的童養媳，而是溫柔目光輕盈身體的美麗林間動物。是什麼樣的力量使得作家這樣深愛他的小說人物？在沈從文，是他把人物寫成美麗圖畫的美感沉溺和對故鄉的愛戀；在蘇偉貞，應該是她對眷村的愛、同情、認同，讚揚嘉獎她眷村的永遠家人。

在〈回到我兄弟身邊〉裡，蘇偉貞明白的說：「我因此決定，我們不來沉重的感傷劇，我們要高高興興寫眷村出來的小孩『對付』生命的本事。」（蘇偉貞，1999：139）同文中，眷村裡事業有成的老鄰居這樣形容自己：「眷村小孩，混個頭路不簡單；沒背景，沒高學歷，沒錢，尤其是大哥根本是個『老芋頭』，從小當娃娃兵，連青少年時期都在做工，我們兄弟能說什麼？」（蘇偉貞，

1999：142）父母兩手空空來臺灣，什麼都靠自己，眷村的孩子只
有獨立誰也不靠。蘇偉貞寫眷村生活，下列文字令人動容：

> 眷村父母是如何養大孩子的，我們心底有數，我們因此無
> 法不跟父母親、不跟從小玩大的野伴緊密。光想一件事，
> 那時候，還沒自來水，每家孩子多、精力旺盛，成天黑著
> 全身回家，父母親窮而年輕氣盛，此起彼落打孩子聲等於
> 就是一種音樂，我們是在流動的熱血生活裡長大的，從來
> 不會恥笑誰又挨「老子」抽鞭子，我們有一種共同的價值
> 觀及榮譽感，沒有高矮，等同生命。在那樣的節奏裡，每
> 天黃昏，母親們站在家門口喊自己孩子回家吃飯、洗澡、
> 挨打，做媽媽的把孩子一個個洗乾淨，轉過頭去升火做
> 飯；吃完飯有的開始洗一大盆子衣服，水先泡透了，再一
> 件一件用手搓洗，然後把水倒進溝裡。生活的水流過每一
> 家水溝。光那一大盆髒衣服洗出來的汙水，我們光想，
> 就覺得母親的日子真難過，我們的生活多麼「命運共同
> 體」。

（蘇偉貞，1999：145-146）

　　正因此，眷村的孩子羞辱與共，蘇偉貞寫下：「我所驕傲的

是，我在紀錄這一頁時，等同紀錄我眷村的永遠家人。」（蘇偉
貞，1999：147）

這樣親如家人的眷村，當它光輝燦爛時，是盛大的藍色，光
明坦蕩一如藍天。這裡的男男女女個個有其風格。一如蘇偉貞在
2006年的《時光隊伍》裡〈戲子〉一節裡記述政工幹校第一期人物
的話：「赤手空拳一路飄零，一窮二白，有的都是多賺到的。豁出
去的結果是，莫名其妙的沒有家教但各有風格，『不給我，我自
己創造。』」（蘇偉貞，2006：190）蘇偉貞筆下的標準女性是一
個清雅有出世韻味、不懼澄澈沉潛篤定，卻同時具有驚人爆發力
的女子。《紅顏已老》裡，「章惜一向美得不佻達，只會叫人見了
難忘，她那股忘世的神采，不驚俗也不駭世，就是淡，像水墨畫，
沒有意境，還真欣賞無門。」（蘇偉貞，1984：74）《有緣千里》
裡，「高意和朱雅博站在一塊兒，倒真有幾分相像，同樣的端正、
清雅，放大和縮小之別。」（蘇偉貞，1984：26）蘇偉貞寫清新、
凝脂、自信的趙致潛：

　　致潛的穿著從來不像村上太太們，她很少穿旗袍，平常總
　　是一件全色蓬裙，非黑即白要不就是碎花，上身洋布素色
　　襯衫，腰間繫條寬皮帶，東港風大，她走到那兒，風撩到
　　那兒，往往像開了一大朵一大朵的雞冠花，什麼也不說

明，光有「放肆的沉默」幾個字，難得的是致潛從來不覺
得比誰美的當然。

（蘇偉貞，1984：46-47）

　　然而就是這樣驕傲的致潛，卻是蘇偉貞筆下臺灣早期本省外省
愛情的犧牲者。致潛和臺灣青年林紹唐是一對情侶，卻遭到林家老
母親的反對，吃了悶虧。蘇偉貞這樣形容林家：「林家到了紹唐這
一代，幾乎全送去日本學文或醫，獨獨紹唐回大陸修經濟，回來以
後吃驚家族風氣的糜爛與保守並存，保守處又比一般人家保守而成
了閉塞，乍然回家後先還不能適應，一直力圖有番作為，但他到底
是林家子弟，一輩子離不開財富、吃喝，林家子弟從不在外謀職，
家裡的糧行、醫院、商行、田地足夠揮霍，他們這幾房堂兄弟鎮日
不是赴日本遊樂就是上酒家、闢小公館。」（蘇偉貞，1984：78）
蘇偉貞寫致潛和紹唐去林家求林老太太成全，卻遭到後者毫不留情
的冷漠對待，高傲的致潛頓時明白，她從一開始就註定失敗，眷村
少女在臺灣世家連一丁點的立足地也沒有。其文如下：

　　致潛坐了會兒，人比較平靜，也就有了感覺，怎麼？這就
　　是紹唐寡母的個性嗎？凡事不直說清楚？紹唐的行徑中，
　　也帶了點這些，難怪了。她看這齣戲，因為濾鏡撤除了，

> 所以像看一場話劇，有實際面對，無力介入，無力改變，
> 戲裡那有她的角色？她坐得太近，連主角的心跳都聽得一
> 清二楚，心律跟她的不同，她卻彷彿是其中一員，但是，
> 怎麼也不會成真，彼此傾心不同，表演不同，時空感不
> 同，結局怎麼會一樣？
>
> （蘇偉貞，1984：105）

　　林家的劇本裡沒有她的角色，致潛一生不嫁，守著她唯一熟
悉的東港眷村，教書維生。離開她一生唯一戀人的家之前，她自
語：如果我的心還能活著出這個門，以後不會再來了。（蘇偉貞，
1984：108）情場失敗的致潛成就了蘇偉貞筆下特有的一種外省
知識女性典型，她的美感絕不在容貌，而在一種精神、一種「明
淨」，（梁一萍，2001：142）而且是那種帶有軍事化恆常規律的
精神。王德威教授精確點出，蘇偉貞的女性人物對愛情的執著就如
軍人對戰爭的義無反顧全然投入，「竟有極陽剛的、軍事化的精神
灌注。」（王德威，1996：16）

　　1991年的《過站不停》出現了先文這個人物：

> 先文給他的感覺很奇特，遠遠看她走來，老覺得在看一本
> 線裝書，或者一片風景，走近了又是另一面。她比一般女

孩子沉默，一旦開腔，即使不一針見血也不遠，她向來是
節目部裏最冷靜的現場指導。在她身上幾乎看不到流行，
卻又像反流行那樣不落伍，沒有時間性，並且十分性格；
她的大而化之，永遠不是工作上的，是在做人方面。

（蘇偉貞，1991：18）

這樣做人大而化之的女性，敦厚、淳樸，來自眷村的劃一教
育，來自軍人紀律的潛移默化。蘇偉貞的散文〈大樓歲月〉裡有這
樣的文字：「在他們身上，我看到了軍人最可貴的特質。萬事如
恆，然而在淨亮無塵，與地板上光可鑑人的反映下，彷彿每一天都
是個完全新的開始。」（蘇偉貞，1987：130）這是藍色的光明坦
蕩，萬事如恆光可鑑人，軍人男女的高度自我。他效忠的是一種紀
律，一種歸屬。然而，當這種絕對忠誠在時空的交錯中和另一種忠
誠造成衝突，他會選擇直接的小我忠誠而絕非顧及全局的間接大我
忠誠。因而我們看到蘇偉貞筆下有另一些女性人物，寧可背負不貞
不孝的罪名，堅決無悔又幾近無恥。這時，她認定的生存價值就是
一切，那怕她效忠的是一介暴徒，那怕她必須殺人放火，她都堅持
到底。也就是說，蘇偉貞的藍色光輝英雄英雌可以在瞬間淪落為寇
賊，但是他們仍然堅持在任何情況下都必須完成使命，這，就是最
高尊嚴。1990年的《離開同方》，寫出了另一個眷村女性席阿姨：

席阿姨一對單眼皮薄薄的，清亮清亮的，眼梢微微上揚，
笑起來彎成一道，不知道有多喜氣。往她身上看，長年穿
的不是寬長旗袍就是大圓裙，她不像村上媽媽總穿平底布
鞋，她喜歡蹬一雙乳白色半高跟鞋，踩在他們家青石板地
上特別清脆。她有時候半夜還在那兒踱步子。

（蘇偉貞，1990：49）

　　席阿姨是段叔叔的太太，卻和小佟先生有感情，小佟先生入醫
院身旁沒有人照顧，席阿姨毫不遲疑的擔起責任。段叔叔去醫院爭
議，席阿姨當眾喝止。蘇偉貞在這裡又一次重複她最愛用的對女
性最高禮讚：「她現在根本不在乎站在那兒讓別人議論。」（蘇
偉貞，1990：329）這樣的句子使人想起〈兩世一生〉裡的「她抬
起頭對著所有的眼光反笑回去，然後低下頭去，根本不理。」（蘇
偉貞，1983：129）《有緣千里》裡「她一路走下去，招來不少眼
光，她像閱兵一般，全不以為意，她喜歡眼光，因為帶給她許多刺
激，使她的脊椎骨更直挺。」（蘇偉貞，1984：96）同樣的，這裡，
席阿姨「她在這層折磨中越久越神采靜美，越散發出一份神秘氣
息，教人一見到她便興奮得想去探索什麼。」（蘇偉貞，1990：278）
這位水靈的女性，充滿爆發力的冰山美人，卻是世俗眼中極不道德

的不守婦道女子。對這個人物，蘇偉貞的描述幾乎近於宗教性：

> 席阿姨滿臉是淚，眼眶像壓水機，地底的流動的水源經由
> 她的身體找到出口，她整個人一下子清澈成一潭水，滾動
> 的水分子使得她變成一個獨立而深不可測的人，映照在潭
> 水裡的影子，輪廓分外分明。以前的她恐怕就是這樣。那
> 種分明是忍受水磨後擠出的形狀，也是一種盡力的反抗，
> 她要活下去。水分子經過蒸發成為水氣霧在她的面前，有
> 分神秘感。她的轉變的過程簡直就是戲中人物情致的昇
> 華。我媽站在她面前，被反照的亦如她般透亮，使我媽想
> 看她又怕看到自己。
>
> （蘇偉貞，1990：342-343）

蘇偉貞讓席阿姨在磨歷中向上昇華。席阿姨之外，《離開同
方》裡的方姊姊不惜為了愛情背棄父母，蘇偉貞寫來更見其絕非責
備而意在表揚的氣魄，其文如下：

> 方姊姊挨了打卻似渾然不覺，她帶著無所謂的笑意，以五
> 步外一棵扶桑花為目標視線不變，眼睛眨都不眨，方媽媽
> 這才撕開嗓子？「好！妳狠！算妳狠！我做女兒妳做娘算

了！」方姊姊深深吸口氣,彷彿在忍耐什麼,並沒有其他
的反應。方媽媽一看之下大受刺激痛聲哭倒在地,像做錯
的是她。

(蘇偉貞,1990:141)

　　再度證驗,當這些女子對愛情的絕對忠誠和另一種忠誠造成衝
突時,她選擇直接的小我忠誠。她可以為了愛情不惜不貞不孝,她
認定的價值就是一切,她可以落為寇賊,但仍堅持完成使命,對她
來說,這就是最高尊嚴、道德的極至。蘇偉貞曾這樣介紹她寫的劇
本《張韻淑》:「本劇特別要強調的是:犯罪事件並非敗德的,它
與道德無關,犯罪事件中的戲劇性及吊詭氣質才是唯一的無可取代
的。」(蘇偉貞,1992)這,或許可以解釋她為何筆下揮撒了那麼
多看似罪犯的離經叛道眷村圖畫。

灰色地帶?還是媚俗?

　　蘇偉貞的眷村水墨畫有一部份在九〇年代開始轉變為臺灣式的
後現代世紀末時尚風華。風格獨特的男女消失,取代的是絕無個人
風格的吸水海綿,吸取任何流行的文化姿態,隨意開口就是西方最
新的哲學論述,下筆動輒把自己和海德格、羅蘭‧巴特並列。性,

是人與人交接的一個優美姿勢；人們忙著捉迷藏交換性伴侶，卻都自認是高級俱樂部的會員。臺灣的世紀末。刻意表演的頹廢幾近墮落，風流不經意的滑入下流，空心娃娃號稱女性情慾解放。果真臺灣文化圈在上個世紀末的虛擬時尚，強大到連明淨如蘇偉貞也不可免俗。《沉默之島》裡的晨勉（或者晨安），號稱具有荷蘭血統，卻只是虛擬臺灣原始血液的手勢，她的本質仍舊是外省流浪隊伍的永不安定靈魂。這個永不安定靈魂卻在跨國際多元的掩飾下為自己加添精英的彩衣，在自己的失所狀態更加明顯的政黨權勢遞變時期，群起鬨唱衰聲，從各種管道為臺灣沉淪正名。蘇偉貞的寫作核心，那種戰場驍勇的軍人魂魄，而今退化成玩弄書籍色情的庸俗文化人情調，她的寫作於此耗損，顯得媚俗。

《沉默之島》的晨勉「她不在乎情感，不在乎道德，只在乎有些思考的內容及細節部分，譬如她生命中最大的快感來自作愛，一種很具體的行為。她因此確定這一生完全沒有必要改變。」（蘇偉貞，1994：53）這其實是席阿姨、典青、方姊姊等人的共同性格，多出來的無疑是「她生命中最大的快感來自作愛」。晨勉感慨「事實上，她周圍的人也好不到哪兒去，他們像世世代代活在泥淖裡的魚，只有朝更深的棲息地呼吸。」（蘇偉貞，1994：54）這是沉淪的自我告白，藍灰色邊緣人此時更加迷途，以自虐沉溺報復自己的無能態勢。2002年，蘇偉貞推出《魔術時刻》。在自序〈岩畫紀

事〉裡她這樣解說:

> 我開始捕捉關於人與人之間難以定位的生命情境寫就系列
> 小說第一篇〈倒影小維〉。關於倒影、鎖住、停留……我
> 相當困惑描述了生命秘密花園多少萬分之一樣貌,但也停
> 不下持續追蹤的腳步。
>
> (蘇偉貞,2002:6)

　　這樣人與人之間難以定位的生命情境,蘇偉貞稱為「灰色地
帶」。〈魔術時刻〉裡,灰色地帶來自這裡的女子言靜和中國男子
成群變成情人,而這種情況全部看在她丈夫的眼裡,這裡蘇偉貞真
正提出的問題是:

> 半年前她絕不相信自己會愛上一位,是的,共產黨員。誰
> 想得到呢?她從來都有可能愛上希臘、法國、英國、美
> 國、日本、以色列……男人,為什麼他們這一代沒有可能
> 愛上大陸的中國人?而現在又有了可能?加上鄭宇森,如
> 今果真是兩岸三邊了。長久以來她其實一直有種漂浮在海
> 裡的感覺。現在,莫名被送到了岸邊。
>
> (蘇偉貞,2002:38-39)

　　不可登陸的中國男人現在變成就在手邊，言靜為此而慶賀嗎？但是，作家蘇偉貞必然深切思考過，漂浮的流浪隊伍真的因為兩岸三地的男女建立「性關係」就達到了和平共存世界大同的彼岸嗎？原載1998年的〈孤島之夜〉裡，臺北市的兩個男女，一個國民黨一個新黨，在市長競選之夜邂逅，接著是不甚明確的「一夜情」。這裡蘇偉貞看似揶揄，其實淒涼的寫出了外省第二代心理上的失勢去勢。其文如下：

　　　　周偉不知道為什麼越睡越清醒，忘神地凝視她熟睡的臉容，「怎麼這樣信任人？碰到壞人怎麼辦？」他心裡滿滿的，被這樣一個女生單純地信任，是一種福氣。他發現自己哭了，淚水落在他平滑的臉頰上，人工珍珠。他們在對泣，上一次哭是什麼時候？為什麼哭？

　　　　他想到，她甚至可能不知道他們做完愛沒有。她光煞有介事憂愁地問：「你是哪個黨？」他告訴她：「國民黨！」確定她沒聽進去。因為她又問了兩次。執著的神情，真使他心神旌蕩。他不自覺又笑了。

　　　　周偉站在床沿，對薇薇說再見：「小新黨，我們這樣算開始嗎？我等妳告訴我！」他撫摸她的臉頰：「妳知道嗎？我是個老國民黨呢！」他又強調：「這有關係嗎？這

究竟干我們什麼事呢！」她太醉了，無法回到現世回答他。

（蘇偉貞，2002：140）

　　最終，「Vivien也許不知道，當天晚上不到八點，票開出來，她和周偉都失去了他們的城市。」（蘇偉貞，2002：144）蘇偉貞筆下的強悍流浪隊伍於此貼上了「潰散」的標籤。

　　論者精密繁複的由「身體」、「女性情慾」出發評論《沉默之島》[5]，對於蘇偉貞的得獎作品《沉默之島》，張誦聖教授卻毫不掩飾的指出：

> 不過，最足以抵銷形式實驗的前衛性的，是《沉默》一書內容的傳統通俗性。書中類似「身體論述」的性心理描寫，對同性戀，雌雄同體性取向的豪爽態度所以不應以新思潮視之，是因為它們與有前世姻緣意味的異國戀情，對種族色盲的跨國公司裡洋高級主管，東南亞商場風雲，來

---

[5] 參見蕭義玲，〈女性情慾之自主與人格之實現——論蘇偉貞小說中的女性意識〉，《文學臺灣》（1998年4月）：192-206；蔡淑華，〈探勘一座孤島——試讀蘇偉貞與其情愛女子〉，《中文研究學報》（1999年6月）：137-147；張淑麗，〈巡航臺灣島嶼的散策路徑：後現代的鄉愁〉，《中山人文學報》（國立中山大學）12（2001）：65-73。

臺研究亞洲島國文化的歐美大學研究生，臺北劇場的波西
米亞生活方式，等等，同是作者營造異色浪漫請調的材
料；其迷人處在於似乎被某種宿命的力量所主宰，身不由
己；更在於能夠冷然超越當代中產階級對性行為的規範。
蘇偉貞不愧為流行小說高手，在保守的年代用處女獻身，
在九〇年代用性別越界來挑逗這個規範，準確而敏銳地掌
握了足以適度駭俗的素材來打造她的浪漫愛情故事，更新
軟性煽情小說題材，對讀者的吸引力是有目共睹的。

（張誦聖，1997：45）

雪的高度，流浪終結

回到當人具有人的高度。蘇偉貞在2006年《時光隊伍》裡的一
處，把眷村等同於「偽集中營」。儘管這樣的寫法引發各種聯想，
作家也當然都預先考量過，然而不論「偽集中營」意指的希特勒是
誰，作家為眷村請命的深深情感始終不動搖。流浪隊伍1950年落腳
東港共和里新村。寫丈夫張德模，蘇偉貞有如下這段動人描述：

鋪天蓋地的還有本土化臺語人發牌，張德模也接招：「誰
不會講臺語？怎麼講不是問題，講什麼才是重點。盡講些

八卦垃圾，你說月球話也沒人要理你！」（猶太裔義大利
李維以極少的德語讓自己成為集中營艱困歲月的倖存者，
卻選擇在六十八歲生日跳樓結束生命。）而李維《滅頂與
生還》，倖存者遺書，見證了勞動者的工作習性有時會成
為自動機制。裁縫、鞋師、木匠、鐵匠、泥水匠等少數
人，被允許從事原來的工匠活動，「把工作做好」深植他
們心中，迫使他們連敵人的工件都想「做到最好」。

（蘇偉貞，2006：202-203）

「張德模也一樣，以倖存者的方式『把工作做好』，在家的圍
牆內，一路功課好、耐操、生存能力強……。」（蘇偉貞，2006：
203）是這樣面對自己貧瘠的生命處境毫無辦法、幼小孩子隨著父
母隨處紮營、隨處必須從零開始，適應生活、學習生存的無條件妥
協，使得原本並不特殊的眷村孩子凸顯出生命的頑強。活著，對他
們來說，多麼艱難！蘇偉貞一再重複的是眷村孩子如何被迫「對
付」生命，對比擁有強大長久代代相傳土地安家性的臺灣本地人，
這批眷村血性男子女子的生活是多麼的複雜、他們找尋安身立命之
鄉是多麼的難！當你沒有可以毫不猶豫就宣稱的「我的鄉土」時，
當你無法自制的敏感覺出被排除在外不受歡迎時，你自身就是唯一
的「家」，鍛鍊自己成為強悍的人種，就是唯一救贖。正因此，蘇

偉貞悼念亡夫時，不斷回到的就是這一個「強悍」的精神氣度。這個強悍的人將在死後靈魂上升。「孩子說，把拔一直在找你。於是，你給出回答：『張德模，走吧，別撐了。』攬住他的頭，深恐他重重跌進深淵，但你明知他將在死後向上昇華。」（蘇偉貞，2006：26）

在〈雪的高度〉裡，蘇偉貞寫張德模旅行大陸，友人站4小時夜車陪他到瀋陽搭上飛機，又原車回去。這樣誠懇熱情的對人，讓蘇偉貞感到「一種深沉的悲哀，使我生於南方的眼看見北地。符號之城，非常不同的注視、雪或者人的高度。」（蘇偉貞，1999：169）應該就是這種為朋友兩肋插刀的傻勁，或者更明確的說——義氣，灌注蘇偉貞不斷回到的最終禮讚：靈魂精神的升高。是這種義氣和大氣給了蘇偉貞筆下北地不同的人性視野，雪的高度、人的高度。蘇偉貞《時光隊伍》裡的「北京人」就是流浪隊伍所來自的家鄉，中國大陸。從中國大陸來，流浪隊伍失所迷途，長久是藍灰色邊緣人，而今，在一個強悍眷村人死亡的時刻，他的強悍重新注入失散消亡的北京人。找到，是為了讓他入土為安，不再流浪。「無涯岸，無城府，你俯身吻進他腦前額頁，如此完美頭形，叫他原始人真人北京人……一定是這樣，不屬於人族的類人族，50萬年光年輪迴了幾百世，猿猴由地面站起成為直立人，原來是這樣的：『張德模，遺失的北京人，我們找到了。』」（蘇偉貞，2006：

64）張家在大陸正式絕種（蘇偉貞，2006：225），「張家在臺灣
第四代都出生了，到此一遊的故事也該做個結束，島上這個家再不
會回銅梁甘家屋基了，你對張家島上第三代說：『爺爺、把拔都
葬在這裡，是到請個祖宗牌位安定下來時候了。』」（蘇偉貞，
2006：211）從「到此一遊」到「安定下來」，蘇偉貞此作無疑是
為1949年流浪隊伍請命。北京人找到了，死在臺灣長眠臺灣，並不
回大陸。作為作家，蘇偉貞這時具有哲學家的高度。

在她和范銘如教授的對談裡，蘇偉貞這樣說：

> 《時光隊伍》就是流浪隊伍。那是一種宿命，天生的氣
> 質。我對民國以來一些大事件，聯合起來就覺得像在繪製
> 一張地圖常很迷惑，像北京人失蹤、故宮國寶從一九三三
> 年至一九四九年的大遷移：十六年間由北京、南京、上
> 海、西南各省回遷南京再到臺灣星霜歲月、對日抗戰國境
> 內大移民、一九四九二度漂流臺灣等等，簡直就像流浪
> 族人星象圖，這些流浪族人以一種生物學上如真實再現的
> 「擬態」形式，比一般地球居民還像居民的活出譜系，但
> 終究「非我族類」。悲哀也就在這裡，他們無法真正在地
> 球生根，但到底最後他們落腳何處，他們現在還有多少人
> 口，成了一個謎。我覺得張德模就是這個隊伍的一員。

唯有這樣，我才能相信張德模那種純淨特質，是血統。

（范銘如，2005：38）

流浪隊伍終結流浪，流浪大戲結束收場。可能，這是作家追隨文化圈離散（diaspora）主題的又一發揮，但是它卻這樣動人貼切。1949年的蔣介石流浪隊伍，無論是遷徙還是迷途，它的終結必須落腳，流浪血統已然修成正果。人們將會記憶起蘇偉貞的流浪隊伍，但是，仍舊說不清楚，如同她在某一個時間點和張德模討論的一部電影：

一群沒有護照的傢伙被滯留機場候機室特定空間等待發落，他們成了沒有名目的族群，邊境的邊境，他們利用機場系統物質，在裡頭居然形成另類謀生方式，其中一人左繞右竄，出到了機場大廳，川流不息的人群及車陣，他循原路回到他的族群裡，你印象裡他且絕口不提外頭的那個世界。

（蘇偉貞，2006：59-60）

＊本篇原文收在〈雪或者人的高度：蘇偉貞寫藍灰色北京邊緣人〉。《香港文學》
　275（2007年11月）：61-71。

引用書目

蘇偉貞，1983。《陪他一段》。臺北：洪範。

_____，1983。《世間女子》。臺北：聯合報。

_____，1984。《有緣千里》。臺北：洪範。

_____，1984。《紅顏已老》。臺北：聯合報。

_____，1987。《問你》。臺北：李白出版社。

_____，1989。《來不及長大》。臺北：洪範。

_____，1990。《離開同方》。臺北：聯經。

_____，1991。《過站不停》。臺北：洪範。

_____，1992。《張韻淑》。臺北，文建會。

_____，1994。《沉默之島》。臺北：時報。

_____，1996。《封閉的島嶼》。臺北：麥田。

_____，1999。《單人旅行》。臺北：聯合文學。

_____，2002。《魔術時刻》。臺北：印刻。

_____，2006。《時光隊伍》。臺北：印刻。

范銘如，2002。〈遺忘‧遺棄與遺留──蘇偉貞《魔術時刻》評介〉。
《中國女性文學研究室學刊》（2002年9月）：100-102。

_____，2005。〈強悍也是一種信仰──范銘如對談蘇偉貞〉。《印刻》
24（2005年8月）：34-50。

梁一萍，2001。〈封閉之外：《以上情節……》導讀〉。《臺灣文學》
（2001年4月）：141-144。

王德威，1996。〈以愛欲興亡為己任，置個人死生於度外──試讀蘇偉貞
    的小說〉（序論），收在蘇偉貞，1996。《封閉的島嶼》。臺北：
    麥田。
張誦聖，1997。〈評蘇偉貞〈倒影小維〉──兼及前作《沉默之島》〉。
    《中外文學》第25卷第11期（1997年4月）：43-48。

陳燁虛擬臺灣家族演義

　　2003年，陳燁（1959-2012）為全力投入她計畫已久的家族長篇聯綴小說「封印赤城」系列，辭去建國中學20年的教職，專事寫作。這位1982年以一篇〈夜戲〉得到第5屆中國時報文學獎小說獎的臺南世家之後陳春秀，從此開始她的文學創作生涯。按照她的說法，這篇小說是在失戀之後，吐盡靈魂瘀傷而寫成。她並從此作了重大決定，放棄考研究所，以文學做終生志業。「換言之，我嫁給了文學，文學為我舖上一條長長的神聖紅毯，我慢慢地走向祂瑰麗的光影，來到文學的殿堂之上，為自己，套上了一只文學的指環。從今而後，我就是文學夫人了。」（陳燁，2001：220）這之後，陳燁獲得第2屆春暉青年文藝獎，第21屆吳濁流文學推薦獎，第22屆吳濁流文學正獎，教育部散文獎等諸多獎項。陳燁出版的小說集和長篇小說包括《藍色多瑙河》、《飛天》、《孤獨和年輕總是睡在同一張床上》、《泥河》、《燃燒的天》、《牡丹鳥》、《半臉女兒》、《烈愛真華》、《古都之春─陳燁自選集》、《姑娘小夜

夜》、《有影》和《玫瑰船長》等。除了寫作,她也參與電影編劇的工作。九〇年代中,她並和施寄青合寫破除算命迷思的書《玩命與革命》、《女人桃花緣》等。

　　陳燁做為一個作家,她最特出的地方就是她志在寫作臺南府城世家的家族小說,更確切的說,寫作她自己家族的歷史,她並且認為她的出生負有寫作家族歷史的宿命,「這份涵括完成神秘家族命運,詮解我生命意義的任務。」(陳燁,2002:6)這個臺南家族小說「封印赤城」系列,她已經完成由1989年《泥河》重新改寫的《烈愛真華》(2002)、《姑娘小夜夜》(2006)、《有影》(2007)和《玫瑰船長》(2007)。陳燁寫府城林家三代的恩怨情仇鏗鏘有聲,並且伴隨臺灣從日據時代至2000年政黨輪替之前的諸多政治事件,其中著墨最多的,就是1947年的228事件。回溯陳燁受到文壇重視,就在她於解嚴後出版的《泥河》。陳燁說這本書在出版時堪稱第一本「關於女性書寫家族與政治的歷史記憶」的長篇著作。(陳燁,2002:6)更重要的是,陳燁因此受到國際注目,她這樣敘述:

　　　　隨後,Howard C Goldblatt葛浩文先生並於《大英百科全書一九九〇年年鑑》引介中文文學最有潛質的青年作家,向國際文壇正式介紹陳燁!「but more exciting was the

emergence of young writers like CHEN YEH, whose 『MUDDY
RIVER』broaches the heretofore forbidden subject of brutal
occupation of Taiwan by the Nationalists in 1948- Literature:
Chinese 」

　　為此，我在一九九二年應海外臺灣文學文化同鄉會暨各
文學單位的邀請，赴美、加做了二個多月的文學巡迴演講。

（陳燁，2002：6）

　　這裡若說陳燁有些受寵若驚應該不誇張。臺灣作家受到美國漢
學家的重視而介紹到國際，而且特別因為書寫國民黨接收臺灣而受
到矚目，陳燁的「臺灣人身分」在此突顯。她有可能是為了向世界
進軍、向國際宣揚臺灣，而寫作她的府城世家。陳燁也許不是最好
的作家，但是她卻是臺灣1987年解嚴後用力去「演」一個「臺灣作
家」的知識女性。也正因為她急於把臺灣的歷史、臺灣先民恩怨情
仇的生存經歷搬上舞台，她的小說總有誇大喧囂的味道。

　　寫作家族小說的背後還有一個更奇特的原因，那就是陳燁出
生就有顏面的缺憾，她為此痛苦了近40年。附在2002年出版的《古
都之春：陳燁自選集》後的「陳燁經歷」裏，有這樣的記載：1996
年，她在參加國際特赦組織，到伊斯坦堡聲援一群在土耳其的少
數族群庫德族婦女，她們的兒女因涉及政治活動而失蹤。這次活

動中，陳燁被土耳其便衣警察用槍拖打傷腰部，國際電視媒體訪問她；而她回臺途中在曼谷轉機時，看到自己的彩色相片登在土耳其文、英文等報紙上，整個臉形清楚顯現。她那時下決心，一定要還給自己一張平凡的臉。（陳燁，2002a：313-314。）1997年秋，陳燁住進林口長庚醫院整型外科病房，展開3年多的「右半邊小臉症」矯正工程。身體完全復原後，陳燁在2001年出版自傳體長篇小說《半臉女兒》，為自己先天的「小臉症」做見證。（陳燁，2002a：314。）

陳燁的「右半邊小臉症」和她立志寫家族小說有何關聯呢？這個關聯就在於她複雜的身世背景，簡單的說，陳燁的父母結合出於利益考量，在血緣上這兩個人完全沒有關係，但是在複雜的家族婚媾關係上，他們卻可稱為兄妹！錯綜的原委引出陳燁寫作的最初動因，她恨父母「胡亂結婚、胡亂生孩子」，（陳燁，2001：178）害得她承擔罪孽報應，從小受人嘲笑，她的冤屈唯一抒發管道就是文學創作，也就是說，她借由書寫創傷來治療自己顏面缺陷的痛。陳燁經受3年多痛苦的顏面整型手術，陳燁嘔心書寫自己的父母和家族，為的正是經由此淨化過程，得到自己靈魂的救贖，和與父母的和解。

本文試圖從幾個角度切入陳燁寫作的核心。首先是她的「書寫創傷」，審視陳燁如何在自我救贖的過程中面對出生的宿命缺憾，

她如何勇敢真實寫出一個某種程度身心障礙者的內心世界。承襲她的創傷書寫，我接著要探討「書寫228」，檢視陳燁怎樣寫這個臺灣人的集體創傷，同時評估美國漢學家葛浩文對她的期許是否恰當。針對陳燁鋪陳出的林家家族史，她嘔心架構的臺南府城「封印赤城」系列小說，我要討論陳燁究竟是怎樣寫這個政治意味濃厚的「臺灣人的故事」，而她面對本土寫作的所謂臺灣「大河小說」，面對紮根臺灣的寫實大家葉石濤，她如何自處。這裏我要特別提出的是陳燁其實一直緊緊跟隨流行文化和學術思潮，她的寫作歷經許多實驗，體現在她各時期的小說創作中。《燃燒的天》裏的超現實主義、「封印赤城」系列裡依稀出現的魔幻現實主義，甚至「第22條軍規」（Catch 22）等，都令人有驚異的感覺。但是歸根結底，陳燁的「封印赤城」系列所顯現出最一致的格調，就是以精采好看為根基的「臺灣家族演義」寫法。

另外，我要專注的是陳燁的臺灣演義裏寫出的是怎樣的臺灣人生活狀態。城真華這個人物論者已著墨甚多，[1]這裡不作過多探

---

[1] 陳燁的女性人物城真華，論者多有評述。彭小妍教授討論1987年解嚴後，女作家如何結合愛情與政治，言及城真華由於性別角色的限制，剝奪參與開創歷史的機會，卻註定要承受歷史和政治的後果。除此之外，她還承受丈夫的性暴力。但是彭小妍也質疑，城真華是否全然「無罪」？她「活在過去當中，自絕於親人之外，而他們都是最需要她的關愛的。她的丈夫在

家中得不到慰藉，變成浪蕩子，長年流連在外；長子自私、毫無是非觀念，一心一意靠家業發跡；女兒叛逆無行、整日與她針鋒相對。換言之，家不成家，親人形同陌路。」由此彭小妍也提出殖民者與被殖民者之間的關係，被殖民者是否永遠被動、無辜、被壓榨，也同樣並不是像表面看來那樣簡單。見彭小妍，〈女作家的情慾書寫與政治論述──解讀《迷園》〉，彭小妍主編，《認同、情慾與語言》（臺北市：中研院文哲所，1996）頁157-188。

　　林怡翠教授從後殖民女性主義觀點出發，提出陳燁打破了：女性文學＝母性、浪漫、愛情的本質化思考。她說《泥河》中的女性都是反面人物，共同的形象首先就是黑暗。她提出城真華因為傳統家族的束縛，終生充滿遺憾，因此而影響家族中其他成員。她把自己的恨轉移到孩子身上，她遺棄孩子，並且終日沉溺在「精神偷情」的幻想中。「傳統母親角色由光明慈祥的模範形象到陳燁手中轉為陰暗、衝突甚至不貞節，其中有陳燁企圖對傳統家族宗法之男女關係進行的破壞與控訴。」見林怡翠，〈陳燁《泥河》之女性／文本／政治〉，《南華大學文學所研究生學刊》（2000年）：28-57。

　　黃錦珠教授論《烈愛真華》，對比城真華對林炳國的熾烈愛情，和對丈夫林炳家的決然冷漠。城真華珍視洞簫、白牡丹盆花，因為是林炳國的遺物或印記。她鍾愛二兒子正焱，把他「當做」林炳國的兒子，她也善待銀釵（炳國的胞姐）、炳城等與炳國有正向相關的人。至於丈夫、大兒子正森和女兒正瑤都進不了她的烈愛國度。更甚者，被城真華摒除在外的人，都受到恨意的浸潤。見黃錦珠，〈愛／恨是無限對話──讀陳燁《烈愛真華》〉，《文訊》（2002年9月）：30-31。

　　劉亮雅教授就女性創傷小說討論陳燁的《泥河》，強調女性主義意識與本土意識提升，對被壓抑傷痛的重新挖掘和對歷史記憶的重新審視，成為建構自我身分的重要渠道。她談論《泥河》這部第一部探討228事件及白

討。我要討論的是陳燁推陳出的一個無法避談的男性人物，極度反
社會、半黑道、充滿憤恨、具反英雄色彩的「反派人物林炳家」。
他徹底棄絕一切禮法條規、玩世不恭、浪蕩一生，以賣家族地契房
契為唯一工作。這樣一位反派人物，他的生命底層最大悲哀來自他
的生母是一個佃農女兒，被地主強暴生下了他，接著就被莫名其妙
的「處理」掉。陳燁說：「我祖母生下我爸爸之後，我親生祖父的
元配夫人用一大筆錢，叫她離開臺南，她不接受的結果是她被押到
高雄的橋頭，之後便不知去向了。」（邱貴芬，1998：161-162）我
們如何解讀這個人物呢？作家陳燁寫盡了她對父親的不屑，但是奇
怪的是，她對這個人物的好奇到了驚人的地步，她大篇幅寫他的放
蕩乖張，以及他不斷以肉體的傷痛來澆息心底傷痛的行徑，其實，
是要在文學中手刃父親來達到靈魂的和解。正如她所說：

色恐怖創傷的女性小說，提出城真華受制於媒妁婚姻，浪蕩丈夫對她施暴，
她難忘舊情人的溫柔而精神出軌，成為父權下雙重性標準的犧牲品。城真
華的二兒子正焱和女兒正瑤分別像是情人和丈夫的化身。反諷的是，新女
性姿態女兒以夫權的律法框限母親，城真華閃避咄咄逼人的女兒，顯示出女
性在婚姻內被強暴受到漠視，更顯示出被害者不知不覺變成加害者的錯亂。
劉亮雅提出城真華歷經的性別壓迫和228的創傷記憶未經治療，使得她的生
命遭扭曲，暗示需要正視臺籍女人的歷史創傷。見劉亮雅，〈九〇年代女
性創傷記憶小說中的重新記憶政治：以陳燁《泥河》、李昂《迷園》與朱
天心〈古都〉為例〉，《中外文學》31卷6期（2002年11月）：133-157。

> 我想了很久，對於我的怪相、家世、父母及所有成長的屈
> 辱，我唯一的復仇方法──寫作！我要寫一部家族史的小
> 說，把這些淤積在內心深處深紅的火焰，憤怒的黑血，通
> 通透過文字來洗滌，就像希臘悲劇，穿越過人類的血罪，
> 才能得到最終的乾淨與潔白。寫作，同時可以療傷我碎裂成
> 灰的愛情慾望，止住我不斷怪罪自己長相而流出來的淤血。
>
> （陳燁，2001：222）

　　最後，陳燁在我看來寫得最中肯的，仍在她最近的家族小說
《玫瑰船長》裏寫出的「臺灣人的命運」這個主題。臺灣人，特別
是原住民，被日本殖民者徵召到中國戰區去當軍伕，塵埃草芥一般
的在戰爭中為人驅使，然後莫名其妙的成了上海灘上的一名搬運
工，又巧合的回到家鄉臺灣，成了籍貫上海的低等兵。這裏我將申
論陳燁寫作「塵埃一般的臺灣人」，她對殖民者和國民黨強加在臺
灣草民身上的痛苦，寫來荒誕意味超過控訴情緒。這裡，陳燁不同
於大河小說的風格赫然顯現，她不控訴不悲情，反倒以幽默輕鬆的
筆法，讓臺灣人的輕賤生命躍然紙上，零散、混亂、毫無份量、隨
波逐流、打別人的仗、成別人的家、以別人的身分在自己的鄉土
上，成為無名的眾生。陳燁臺灣演義裡沒有英雄，只有臺灣這個島

嶼永恆無法驗明正身的宿命悲哀。

書寫創傷

看陳燁的創作，每每出現的是一種人性人倫的宿命悲哀，「為什麼我那塊淤青的靈魂始終無法去除？」（陳燁，2001：245）她有極大創傷不可平復，文學其實是一種療傷的管道。陳燁的隱痛，或者說明顯的創傷，就是她先天的面容與常人不同。作家施寄青在《半臉女兒》的推薦序裏說：「但我也從她的表白中看出，她無法走出畸形容貌的困境，特別是她有個容貌出眾的母親。」（施寄青，2001：7）這種先天的缺憾對她是無可彌補的傷痕，江寶釵教授1989年評介陳燁的文章中出現陳燁這樣的自白：

> 高中、我才明白，父親原來是過繼給陳姓大房的，他的生父（陳姓三房）偏偏續絃了母親的再嫁生母，這兩位我親生的祖父和外婆，生下了我的「三姑」和「四姑」（也是「三姨」、「四姨」），並在許多年後，撮合了浪蕩半生，和自小過繼他人、為籌養母喪葬費結婚復離婚的母親——在我剛出生時，她帶來了五位失父的異姓兄姊；大學畢業那年，父親去世，接著演出失散多年的五哥回家認母

的一幕……。」

（江寶釵，1989：221）

　　從出生就受到命運戲弄的孩子，她怨恨的對象無疑直接指向誕育她的父母，為什麼，50歲的浪蕩子和36歲已經有5個孩子的美麗離婚婦，能夠為了錢財家世，不避諱明明是看來就是兄妹關係的混亂系譜而結合。陳燁不斷回溯的是自己出生家族的惡性結構，一切為了財產。在她最早的作品〈夜戲〉中，有這樣的文字：

　　這一切，只因著我的血液裡有她屬他的因子，而那個不負責的男人，是她的丈夫，我的父親。無論如何我竟是不能質詢的──為什麼你跟他要結合？──為什麼把你們縱慾後的孽根種在我身上？事後，再給我無限又無限的關愛；但毋寧是我高傲的自卑吧，這愛只徒然成了我的重軛。

（陳燁，2002a：8-9）

　　我想剷除掉埋伏在靈魂黑暗處的毒蛇。那條毒蛇在我意識到存在以來，便呈顯著「她屬他，而種孽根在我」的斑斑鱗片，並時時伸吐紅焰般的蛇信，每每在我開始感到幸福或快樂的瞬間，就狠命咬一口，好讓我驚覺於自己形象存

在的事實；然後便如受了詛咒一般，我要拼著命來壓抑憎
恨的情緒，終於造成神經焦慮的性格。

（陳燁，2002a：24）

2001年的自傳體長篇小說《半臉女兒》裏，陳燁毅然經過3年
多的顏面整型手術，有了一張正常的臉之後，她才能夠坦然談論困
擾自己近40年的缺陷，其文如下：

就算我的臉孔長相正常，這些家族內鬥的恩怨情仇一樣會
爆發，陳氏世家一樣走到繁華的盡頭。然而，我卻怎麼也
去不掉這樣深潛靈魂的困惑——由於我的「怪相」，導致
一場掀天憾地的家變！我的「怪相」是陳家百年恩仇的導
火線！

（陳燁，2001：36）

她說：「我不能原諒她，我更不能原諒父親，這兩個人不經由
我同意的惡作劇，讓我成為人間笑柄——我尤其不能原諒我自己，
因為我連自殺的勇氣都沒有。」（陳燁，2001：219）忍受整型手
術的煎熬，她這樣敘述：「我受的折磨豈止是手術的疼痛；從我當
妖怪的那一天起，這揮之不去的精神疼痛就追隨我了，我把自己幽

因在妖怪城堡裡，動了多少的心靈手術，才讓自己的性情開朗出來，才撞破那城堡的一面黑牆，讓自己用意志力去與人競爭。」（陳燁，2001：242）這裏出現了她不斷突顯的一個句子「為什麼我那塊淤青的靈魂始終無法去除？」（陳燁，2001：245）正如江寶釵所說：「她恨父親、母親……，恨自己生成的模樣，自己的性別。看書是孤獨的療劑，而寫作，便是尋求心理平衡支點，調理情感癥結的手段，一種接近快樂的途徑。」（江寶釵，1989：121）

　　陳燁做為一個臺灣女作家，她先天的缺憾其實也是她先天的優渥，她這樣了解臺灣有錢家族內部的奇異風貌。陳燁的父親故意成為浪蕩子，就是要一心一意散盡陳家家財，來報復生母受到的不公對待；繼承財產必須結婚，沒有想到他娶了有平埔族血統的美麗女子，生下的卻是顏面缺陷的女嬰。她命中注定要來揭發陳氏家族的罪惡，親生祖母佃農女兒對陳家的詛咒，要由陳燁父親的敗家，和孫女陳燁的刀筆寫陳氏家族來兌現。對陳燁來說，文學是治療先天創傷的一劑猛藥。而此創傷，是家族罪孽報應在後代子孫身上的惡果。她說：「我常在想：親生的佃農祖母顯然精通如何對地主世家詛下惡咒吧？據算命仙說：我生來帶著一把『劍』。」（施寄青、陳燁著，1997：90）。如此，作家陳燁之所以這樣宿命般的寫她的「封印赤城」系列臺灣演義小說，和她出生的顏面缺陷之間的關係已然明瞭。我們看到一個現象，陳燁在自己的創傷尚未

平復之前，無法談論「右半邊小臉症」，〈夜戲〉裡只有隱約的敘
述：「而那位產婆也是夭壽咧，用鑷子硬夾伊出來，使得伊半邊臉
來失常……」，（陳燁，2002a：21）她把它隱藏在怨恨後面，我
們看到的只有亂倫、失序的家族複雜關係。由此更可想見她受的傷
有多深、她的自尊飽受了多少摧殘。一直要到了她表面的創傷已然
痊癒，她走出了顏面缺陷的陰影，不再自囚在心靈的妖怪城堡中以
後，她才真正面對世界，見證自己如何以寫作來紓解創傷。

書寫228

　　創傷歷來難以遺忘，228無疑已經成為臺灣創傷的重要指標。
陳燁為什麼會和228緊緊連接呢？1989年出版的《泥河》使得陳燁
異軍突起，旋即登上國際文壇。然而細細評估陳燁的文學創作中
228事件的呈現，它往往是小說人物恩怨情仇的背景，而非主題。
首先，儘管陳燁的小說人物林炳國是此事件的受難者，他作為228
實際政治參與者和受難者的份量，對比他與小說女主角城真華相愛
卻無緣結合的份量，立刻顯得薄弱。林炳國真誠、愛國、熱愛美
人，正對照林炳家的一無是處。林炳家一直懷疑妻子不貞，而城真
華碰巧在228這一天生產，林炳家在此事件後回到家中，發現妻子
生下一個男孩，卻氣急敗壞硬說這不是他的骨肉。《泥河》情節

如下：

> 炳家兄在鐵路南北全線暢通後，十分狼狽地從臺北城回到
> 家來；他一見到真華嫂產下的二子正焱，立即跑去城家和
> 岳丈大吵一頓，聲聲句句否認兒子是自己骨血。這件事立
> 刻在親族間造成極大的驚動；金釵堂姊和夫婿在二房慘變
> 的打擊後，又遭受親族猜疑炳國堂兄言行的種種困擾，兩
> 人灰心至極，相偕避往日本去了。

（陳燁，1989：402）

這裡，親族間的恩怨，壓過了228之為臺灣人集體創傷的政
治意味。到了2006年的《姑娘小夜夜》，228的出現仍然是邊緣背
景。比方這一段文字：

> 陳火獅大約跟妳伯公黃媽典的遭遇很像，在國民政府來臺
> 灣沒過幾年，就莫名失蹤了。我不清楚那怎麼回事。總
> 之，為了讓陳家留住後代，聰田他阿娘來求妳外公，在
> 「二二八」事件後就把十二歲多的他，送到日本投奔清介
> 他父親。我也是下午才知道聰田失明的原因：韓戰結束那
> 年，他考上了早稻田大學，不知去參加什麼學潮，捲入了

「紅色肅清」，只好中斷學業到處流亡，後來他在一個巡
迴歌舞團打雜工，好掩護被追緝的身分吧；結果愛上了個
歌舞團的女優，那女優又愛上了能劇演員……反正一片混
亂之後，也不知誰放了一把火，女優葬身火窟，能劇演員
半身殘廢，而他，雙眼就此瞎了。

（陳燁，2006：185）

同樣的，參與政治事件的青年，同時捲入更複雜的男女糾葛，
而後者總勝出成為故事核心。一如施叔教授早就指出，陳燁關心的
是家族恩怨和人物間奇異曖昧的關係。「她著墨最多的是家族中的
恩恩怨怨，夫妻及父母子女間糾纏不清的敵對與憎恨。」（施叔，
1989：196）至於228，在陳燁筆下是「若隱若現的二二八歷史，以
及滲入生活中的政治暴力」。（施叔，1989：197）

文學大家葉石濤也明白說出，陳燁寫作源頭來自一個無德的丈
夫，和一個不愛丈夫而暗戀他人的妻子。其文如下：

她的長篇小說《泥河》，可以說是她的代表作之一。
小說是臺南府城的世家「林家」三代的故事。故事的時間
很長，從日據時代林家祖父一代如何地聚集財富獲得殖民
地政府的「紳章」頒發開始以至於戰後不久第二代人遭遇

的二二八屠殺，邁入資本主義社會的八〇年代的第三代的
離合悲歡。《泥何》這本長篇小說是一九八九年二月出
版的，剛好碰到解嚴以後臺灣文學雪融時代。因此，《泥
河》中描寫二二八的部分特別引人注意。

　　其實《泥河》的寫作目的並不在於挖掘臺灣歷史中的
傷痕，陳燁所企圖的是以一個家族的生活史來反映時代、
社會的變遷。大凡有歷史意識的作家所寫的長篇大多如
此，這也不算什麼。問題在於陳燁的小說都由同一個源頭
如泉水般湧出，這似乎是一種「情結」（complex），始
終盤據在陳燁的潛意識裡，所有她的作品，是這情結的
闡釋、辯解或抗拒。這情結來自於放蕩的父親與受苦的母
親，這糾纏不清的關係。而這受苦的母親至死愛著跟她老
公剛相反的高貴的精神上的情人。

（葉石濤，1991：7-8）

　　但是為什麼陳燁幾乎與228不可分割呢？原因就在於她是最早
以女性的角度處理這一個臺灣人的集體創傷的女作家。邱貴芬教授
說，《泥河》是第一部臺灣女性作家「重量級」鋪陳228歷史記憶
的創作。（邱貴芬，1997：56）。劉亮雅教授也說：「《泥河》是
第一部探討二二八事件及白色恐怖創傷的女性小說。陳燁藉由臺南

府城一個家族史來呈現臺灣近代史的創傷和錯亂，自有其史詩般的
企圖。」（劉亮雅，2002：140）女性一貫是受難者家屬，默默背
負丈夫、父親、兒子的遇難，接受並處理創傷。但是陳燁的寫法不
容忽視的，就在於她的女性永遠不是傳統的背後默默支援的乖順角
色，而是一個唾棄丈夫、精神外遇、對兒女明顯偏心，又自絕於家
庭的反派人物。城真華無疑是極複雜的女人。陳燁早期筆下的女性
人物有一個共同的模式，那就是她極美麗、熱愛一個不該愛的人、
某種程度淫蕩，受到浪蕩無行又施暴丈夫的虐待，在婚姻內仍如同
受到強暴生下孩子，她恨丈夫恨孩子，而孩子也恨她。做為女作家
陳燁不斷使人驚異的是她下筆的大膽。她的人倫架構建立在一個絕
對冤冤相報，甚至亂倫的曲目上。早期不斷出現的亂倫情節，比
方〈天窗〉這篇小說，確實是以228事件為時間點，陳燁寫的卻是
亂倫：

　　故事固然仍是從一九四七年三月十日那個倒楣的清晨開
　始，六個彪悍大漢闖進許家，伊阿爸跳天窗逃走……槍響
　乍響，伊阿爸從屋簷瓦塊間墜落……伊阿爸是個文宣隊的
　廣播員，在那個紛亂的時代，竟散佈革命民主的思想……
　伊和阿母草草收屍，偷葬在S鎮墓場；為了日後子孫辨認，
　並紀念伊阿爸當時英勇，伊和阿母在無法豎立墓牌的墳

上，鑿開一扇小型天窗……伊長大，和阿母深深相依，迷
情澎湃……伊阿母在那個人人自危的五○年代懷孕產子，
伊把幼兒棄置在S鎮墓場的阿爸墳前……阿母悔疚含恨離
世，伊告別鄉里，為忘卻自己違亂倫常的罪孽，拼命奮
鬥……伊成了八○年代健忘社會的傳奇資本家，操縱經濟
大脈。

（陳燁，1991：25）

〈天路〉裏明顯露骨的母子亂倫：

我看到阿娘，她斜躺在紅紗帳裡，衣襟幾乎全開，白皙的
肉閃著紫綠的光，長細而尖的手指慢慢摩擦她的陰部。榮
兒，進來……妳阿爹殘廢了，他只配蹲在陰濕的柴房……
榮兒，你十四歲了，該長大了，阿娘辛苦了十四年，就
等這一天……。她的褲腰鬆了，我看到一片紅霞褪落了
下來。

（陳燁，2002a：223）

這不得不讓人懷疑，陳燁的「受害女性」源自那個陰魂不散、
縈繞在林炳家腦海裏，時時出現的母親丁秋女。她被地主老爺強

暴、生下孩子後自己遇害。她的受難來自直接侵犯她身體的男人，而她的報復就在無愛的冷漠對待，和堅定的詛咒。如此看來，陳燁處理創傷這個主題，她著重的不是國民黨接收臺灣後對精英的屠殺，這一方面多是輕描淡寫如《泥河》中林炳國去日本、《半臉女兒》裏陳燁大哥因踩報紙而被判為政治犯，其中甚至有戲謔成分。她著重的是臺灣女性的生命經驗，細膩的恩怨情仇如何很「巧合」的走入這一個政治事件。說很巧合並不誇張。陳燁的228一貫是小說人物在處理個人事務時聽到、看到、碰巧走到街上撞到，比方《泥河》（以下引文的框框是我加的）：

二月廿八日下午，他和長兄炳邦整理了「全興行」最後的帳冊，沉痛的遣散幾個長年，正預備關閉「全興行」時，家中長年急惶惶趕來，報說淑賢大嫂臨產困難，炳邦兄面色青蒼地趕回家去，獨留他一人，坐在已然封閉、空落寂靜的「全興行」店廳中。那時，他 不意間 扭開收音機，想藉由收音節目來排解心中愁鬱。「……長官公署的警衛開槍掃射驅散人群，百餘人受傷……」他驚奇地聽著「臺北廣播電台」報導的慘案， 恍恍惚惚以為 只是一齣太過逼真的廣播劇罷了。傍晚他走回家，市街上一片凝重氣氛，幾個路人在搖頭嘆息，他聽到其中一個沉聲說：「臺灣警備

總部發布戒嚴了，大家趕快回家吧。」

（陳燁，1989：392）

2007年出版的《有影》：

三年前的春夜這時陣，他上街打探廟公姊夫，┃撞見┃一車
車牛隻拖拉的屍體，正往南行，已經過了他讀的汐見公學
校，再往南就是一堆亂葬崗的墓地了。從那一夜開始，他
老看見廟公姊夫被牛車拖拉著，滿臉血滿身赤精，空洞的
白仁眼珠等著他。

（陳燁，2007：46）

同年出版的《玫瑰船長》：（以下引文的楷體是原文中就有
的，故保留原狀，不作全部引文楷體處理。）

看到軍艦駛入高雄港時，我┃依稀┃聽到從幾天前就響個不停
的砲火聲。那時你出港補魚。高雄市街煙塵瀰漫，一片混
亂。阿母叮囑我千萬不能外出。阿爸每天黃昏回家總在搖
頭。夜裡闃寂無聲，我聽見風的嘆氣，┃很像┃阿爸在低語：

大家見人就打,揮舞棍棒,好像人身是鐵做的……我親眼
看到那個白面少年,被打得血肉模糊,眼睛腫得荔枝那
樣,天壽唷。不知誰大喊:伊是阿山仔!我被人群擠開
了。另一邊有人喊:打錯人啦伊是鎮長的好生。是那個阿
山仔鎮長對吧?我聽到吼來喊去的聲音,整條街亂成一
片,好像又回到前幾年空襲的模樣,地上血淋淋。我正想
趕快離開那個是非地,忽然一聲淒厲尖叫:打死人啦!我
擠進人堆中瞥了一眼,赫!白面少年趴在地上不動了,一
隻鞋掉在馬路中。今天我經過那裡,地面血漬乾涸了,那
隻鞋還在馬路中。

(陳燁,2007a:31-32)

　　這裡不容忽視或避談的是,陳燁小說裏質疑是否有過所謂大屠
殺的口氣越來越突顯。《玫瑰船長》裏,冒充陳水龍的林炳家自白:

　　　發現用那枝我所冒充者的鋼筆——派克鋼筆,與
那罐深藍墨水(經過歲月封存,居然沒有結成硬塊,
還漣漪活活的盪漾墨水。)寫了整個八月,才只寫了
十八頁,我那道勁的鋼筆字,都纏繞在妳十八歲時期,
那些不真實的屠殺,倉皇的偷渡,或銀光閃閃的軍艦,讓

我的記憶迷走了。

　　我再一次跟自己說：這只是妳——一個因為混亂失去胎兒的少婦——的夢魘記憶。我也活過那個年代，真的，我沒親眼看過什麼屠殺。謠言總是有的，不是嗎？在每個改朝換代的混亂裡，謠言從來都是運氣太好，像野火燎原，撲向每一個恐懼的心靈。

　　妳真的看到殺人放火嗎？我才不信呢。

（陳燁，2007a：45-46）

另一處：

　　我認為事情經過應該是這樣的。

　　當時國民黨和共產黨在大陸打得火熱，誰也沒空管臺灣這塊番薯島。派來接受敗戰日本物資的行政長官陳儀，因為貪污惹起民憤，在一陣混亂事件結束的三月底，聽說被押回大陸，後來以匪諜罪名打掉了。妳阿母發神經把妳和她鎖地下室的那時候，根據收音機廣播：是國軍二一師從高雄港上岸，由彭孟緝司令指揮，要來維護本島治安的。

（陳燁，2007a：47-48）

那年年底，我沿著西子灣、鼓山往北。經過左營時，遠遠望去，看到幾艘軍艦，青天白日旗高掛，停泊在軍港，隱約還聽到官兵操練的齊聲吶喊。那讓人覺得有些安心。畢竟，這塊番薯島還有國民黨軍隊駐紮，不會再像以前那些打來打去的時代，戰敗了，就成為賠償割讓的物品，島民簡直就是賤民、奴隸一般。正當我迎著東北季風奮力將船穿越琉球群島，順著黑潮洋流朝向日本島東部的公海時，卻看到漁船背後有艘大型美製坦克登陸艦，掛著青天白日旗，從東海往遙遠的黃海方向駛去。跟我的漁船航向逆反。

（陳燁，2007a：47-48）

228在陳燁的文字海洋裏其實是一個背景配樂，而絕非中心。這使人想起在「陳燁經歷」裏，陳燁自述1979年等待父親在高雄10多小時的手術時，心緒處在驚慌失神狀態，走到街道上，「碰巧」走入了關乎臺灣民主進程（或者說黨外運動）的重要指標「高雄事件」現場：

AD1979：因去高雄接離家出走六年的生病父親，在父親長達十個多鐘頭的手術期間，處於SHOCK狀態，被美麗島的

慶祝週年廣播聲音所吸引，像遊魂一樣尋聲而去，結果當場撞見整個美麗島事件始末；隔年1980.2.28林義雄滅門血案引發深思，當時為師大校刊總主筆，辯論報紙軍法審判的內文與事實不符，而使當時訓導長林清江斥為「不會做人」，不許發稿陳燁，便在地下道通往校本部上課的走廊貼文章大字報，為此被學校處分。

（陳燁，2002a：312。）

同樣的，陳燁的小說人物也在紛亂的私人情仇中，「正巧走入」228的歷史事件。陳芳明教授說，政治事件中小人物的悲歡才是真正的歷史，「世俗故事中的悲歡離合，才是真實生命寄託之所在」，（陳芳明，2002：3）這或許正可驗證陳燁的文學創作。其文如下：

耳熟能詳的歷史，無論命名為辛亥革命史或是二二八事件史，都只是在傳承男性的記憶。然而，在革命的風潮裡，在事件的浮沈中，真正在咀嚼苦難與災難的，並非是歷史記載中虛幻的國家或空間的人民，而應該是存活於壓縮空間中被遺忘的女性經驗。在時光的殘忍煎熬下，女性受到咬嚙、折磨、凌遲的苦痛，應該比任何雄偉的歷史都還來

得真實。

（陳芳明，2002：2）

陳燁以臺灣女性的弱勢生命，編織出以228為陪襯的人間歷史。然而，《泥河》卻正因為有這一種巧合的228書寫，而被美國漢學家葛浩文發掘，使得陳燁一躍而上國籍文壇，並因此受到臺灣同鄉會熱烈期盼，她突起成為臺灣人創傷記憶和臺灣獨立建國合理性根源指標228的女性代言人，這，恐怕也不無「碰巧走入」的因緣。

臺灣家族演義

陳燁崛起於解嚴前後，臺灣本土意識高昂的時候，她的文學創作背負了本土和寫實的期盼。彭瑞金教授早在1988年總結臺灣文學八〇年代的走向，提出：「那就是本土性強烈的寫實文學依然是臺灣文學發展的一片沃野，從事小說創作近10年，最近才將成果結集出版的陳燁的突起，也是支持我這種說法最好的例子。」（彭瑞金，1988：100）這裏彭瑞金強調了一個要點，那就是陳燁寫的小人物真實生活，具有移民社會：生存第一，人倫第二的特殊現象，其文如下：

陳燁不但相當穩妥地掌握臺灣社會的遞變，更重要的是她
的作品顯現了臺灣這個移民社會的特質。她對婚姻、親
情，甚乃人性的詮釋，幾乎是不經意的便甩離了僵化的傳
統，這未必是刻意的經營，不過要理清這個不平凡的家族
譜系，的確需要一套獨特的價值定位準則，這之中便隱隱
符合了移民社會生存至上、現實第一，人倫教條其次的優
先原則，我相信這將會是陳燁文學發展的重要方向。

（彭瑞金，1988：102）

　　的確，從八〇年代起，陳燁奉行的創作原則，一直圍繞她府城
的家族恩怨，而在描寫或者說虛擬此家族史時，她下筆如刀劍，毫
不猶豫的寫出生存財產第一，人倫欠缺，甚或絕無人倫的家族爭
鬥。這正是陳燁做為背負本土重望的女作家的奇特之處，她並不是
臺灣大河小說的傳人，而是拉美作家馬奎斯輩魔幻現實主義的接棒
者。這種對《百年孤寂》式家族傳奇的熱愛，陳燁早在八〇年代就
已顯現。江寶釵的陳燁印象，說到陳燁喜歡馬奎斯，也對電影情有
獨鍾。「但馬奎斯筆下織結家族傳奇，從而醞釀的生命情調，通
了她生命深層的內容。」（江寶釵，1989：121）陳燁的寫作核心
堅定不移的就在這種家族的恩怨情仇，一如論者東年在評《泥河》
提出，此臺灣舊式大家族本身就有內部因素使其瓦解，228並非必

然關係，「我們確可按封底的標題去理解和喜愛這本小說，它說這
本小說是『臺灣土地世家變遷史，爭鬥與情愛，受苦與希望的紀
事』」。（東年，1989：198）

　　陳燁熱中寫作人間愛恨恩怨的特點，在1991年的《燃燒的天》
裏，更加淋漓盡致。同時，陳燁在此也實驗了各種寫作技巧。這本
書，我想用「驚悚小說」來形容不誇張，它不可算作陳燁的最佳作
品。葉石濤評論陳燁從《泥河》到《燃燒的天》的創作走向，對她
在此時的寫法感到憂心。其文如下：

　　　我可以預期她的下一部有野心的作品，一定會摒棄寫實。
　　她的小說底寫實體系逐漸會解構，她將會建構完全不同於
　　以往的嶄新面貌的小說世界，這小說世界將紮根於八〇年
　　代臺灣社會裡，反映了臺灣現代社會裡人欲橫流的人們深
　　層心理的夢魘。她將驅使八〇年代臺灣文學慣見的諸多
　　前衛性技巧去完成她的寫作意願：那便是後設小說（Meta
　　fiction）、魔幻寫實，時間與空間的錯綜網脈以及精神分析
　　等各種技法。這種多角度的手法固然能有助於實現她的表
　　現，但是寫作技巧只能給她帶來社會表象活脫的描寫，但
　　缺乏某種觀察社會表象的深刻的哲學性啟示的帶領，很可
　　能使她的小說墮為美國現代通俗小說如哈爾特·羅賓似的

庸俗；簡言之，她的小說將免不了「性與暴力」的實驗報
告。唯有對臺灣歷史、社會、時代的變遷有深刻的認知，
才有可能免除某種庸俗和頹廢。

（葉石濤，1991：10-11）

現在看來，葉石濤的話無疑對陳燁是有影響的，這之後陳燁的
創作似乎停頓了，幾乎整個九〇年代她把時間投入破除算命等活動
上。一直到2001年，經歷整型手術後，她推出全新的，包括寫作方
式也全然「變臉」之後的自傳小說《半臉女兒》。陳燁在2005年和
彭小妍教授的一場對話中，談到《燃燒的天》，她這樣說：「在我
寫《燃燒的天》的時候，我幾乎把我所學的技巧都用在裡頭，可是
《燃燒的天》我寫完的時候我只有一個感覺，那就是『累』。我相
信我的讀者看這本書應該也會覺得很累，因為它不容易看，它有各
式各樣的文學技巧在裡頭炫，幾乎走火入魔。」（彭小妍、陳燁，
2007：102）而談及自剖性小說《半臉女兒》，她則是刻意放棄了
一切所謂寫作的武功，改採直接、「不過濾」的寫作方式，其文
如下：

怎樣讓人家看得懂，我怎麼走過來，所以必須要很淺顯，
這是我變臉的開始。我在寫這本書（半臉女兒）的過程當

中，寫得非常愉快，寫到悲傷的時候會放聲大哭，寫到好
玩的地方自己哈哈大笑，那是一個沒有使命或負擔的創作
過程，可是它讓我覺得很暢快淋漓，就是這麼回事。有一
個文評家說，他不解，為什麼陳燁放棄了她所有的武功？
我有一個朋友說，這本書之所以好看，是因為我「不過
濾」，我沒有用太理性的思維去過濾，讓它變的很條理明
晰而艱深，我有一些東西是很原始、很粗糙的、很真摯的
反應出來。為什麼我要放棄武功？因為沒有武功才是最好
的，這是我看金庸的小說得來的結論，武功最強的其實就
是那位完全沒有武功的韋小寶。

（彭小妍、陳燁，2007：104）

　　創作方式轉變之後，「讓人看得懂」成為最高原則，為此陳燁
走出知識份子的象牙塔，放下身段去了解庶民。「我的第一的訴求
都一定要讓人家看得懂，因此使我走出知識分子的象牙塔，這身段
就放下來了，因為你必須要接觸庶民。這個接觸和互動，我現在想
想對我的文學是好的，雖然有10年的時間感覺上我沒有交出什麼作
品。」（彭小妍、陳燁，2007：103）。除此之外，她也認為寫作
必須達到娛樂的效果，「好看」是必須的。「太悶的話，為什麼要
看？文學不是給人帶來苦悶的，我認為文學是要給人安慰，甚至

是歡樂的，能夠做到這樣是很難的挑戰，可是這是我很努力要做的。」（彭小妍、陳燁，2007：96）為此，她改寫了《泥河》，重新出版《烈愛真華》。「重新改寫《泥河》有兩個要點，一個是找到了把小說寫得『好看』的關鍵；另一個是我必須要透過文學寫作，跟我父親達成一種和解。」（彭小妍、陳燁，2007：75-76）

由此，陳燁創作家族傳奇、府城故事的寫作原則，輪廓已經出來了，那就是她確確實實是要寫一、大家都看得懂，二、好看的小說。什麼是好看呢？陳燁特別舉例說明，她提到去法國馬賽旅行時，大家對大仲馬的小說人物──《基督山恩仇記》裏的「基督山伯爵」的好奇，遠遠超過一個真實的歷史人物「鐵面人」，也就是路易十四的一個弟弟。大家不找鐵面人關過的監牢，反而都在找「基督山伯爵」關在那個牢房，但這根本是個子虛烏有的人物，當然找不到，所以大家只好到紀念品店去買一本《基督山恩仇記》。一個虛擬人物的魅力遠遠超過一個真實政治犯。在那一刻她發現文學的威力是這樣大。（彭小妍、陳燁，2007：77-78）陳燁寫作的目標就是創造一個基督山伯爵這樣的被害者，讓他來報血海深仇。而她虛擬的府城林氏家族，推出的主要人物就是林炳家，這個讓人印象深刻，卻絕非正派人物的臺灣浪蕩子。

陳燁寫的「封印赤城」絕不可當作正史來看，那不公正，甚至

褻瀆了她的原意。她寫的是虛擬的臺灣演義，裡面突顯的是人物的高度放大，情感的極度擴張，比真實歷史人物更加具有威力，印刻入人們記憶模板的臺灣人間劇場。對她來說，「這些恩怨情仇都還沒辦法化解，那要怎麼樣去填補這些缺憾，對我來說，可能就只有透過文學創作。」（彭小妍、陳燁，2007：86）她的使命是把人倫悲劇直接迫使讀者觀看，在寫作的過程中，陳燁淨化自己近40年的「被害情結」，一如林炳家必須忍受極大痛苦紋身，直接報復「不可紋身」的國民黨條規，陳燁經受3年痛苦的整型手術，報復她先天被剝奪正常面孔的糾結宿命。林炳家用一生來敗林家的財產，作家陳燁用刀筆寫盡家族醜事，在這虛擬的臺灣家族演義中，公理必須伸張，陳燁可說是反英雄人物林炳家的直系傳人。

　　陳燁是臺灣「大河小說」的接棒者嗎？乍看是的。她同樣寫臺灣先民的生活軌跡、特別是外來政權的各種姿態，然而陳燁的林炳家絕非愛鄉愛民的抗日傲骨，城真華也絕不是典型的大地之母。正相反，林炳家是一生志在報仇的反英雄人物，城真華是一生精神外遇、自絕於丈夫兒女的美麗婦人。我們看到的是基督山伯爵般的擴大版人間恩怨情仇，臺灣這個移民島嶼上，先民們你爭我奪的家族演義。誰規定必須按照大河小說的模式來寫呢？陳燁對《臺灣人三部曲》作者鍾肇政、《寒夜三部曲》作者李喬，及《浪淘沙》作者東方白的盼望，有如下言論：

> 我在這裡要利用這個機會鄭重宣告，我之所以要接觸你
> 們、瞭解你們怎麼寫，就是因為我絕對不要這樣寫！我這
> 樣寫有什麼意思呢？那我不就複製你們了嗎？所以我就不
> 會寫《寒夜三部曲》，不會寫《臺灣人三部曲》，我絕對
> 不會寫《浪淘沙》那樣的寫法。

（彭小妍、陳燁，2007：93）

陳燁說她先用編年寫法，但改寫時，小說年代跳躍，故調侃是
「表現主義」的寫法。（彭小妍、陳燁，2007：93）是否陳燁對所
謂表現主義極為清楚不得而知，但在陳燁虛擬的臺灣演義裏，她明
顯採用了一種可以說是她自己發明的「地圖」寫作法。為了寫作
她的府城傳奇，她收集了18張臺南地圖，日夜在這18張地圖的包圍
中，讓筆下人物鮮活的走在地圖上，從這條路走到那條街，這個區
到那個區，彷彿時光倒流。她在《烈愛真華》的序文〈改版自序
尋索人間歷史的真相〉裡這樣說：

> 在展開「赤崁故事」的當時，我幾乎陷在家族黯史和
> 府城淪落的交叉地帶，每日每夜對著累疊的浩繁史料嘆息
> 不已。桌上、牆上攤釘著光緒到明治、大正、昭和的十八

張府城地圖、職業分佈圖、城郭移遷圖,這些美麗的滄桑
背後,有太多太多無解的迷思;為此,我請教了一些鄉親
先輩,如葉石濤、黃天橫、鄭凱雄(註:鄭凱雄先生已仙
逝)等,族中長老陳源泉,尋索那些隱在歷史中的人間真
相,反覆辨證史料記載。

在那段訛誤的、惶亂的歷史歲月裡,我終於在一九八
四年艱難地展開計劃長時的「赤崁故事」了!

(陳燁,2002:6)

陳燁敘述這種寫法的由來,她說八〇年代初期自己碰到寫作困
難,去請教歷史教授林瑞明,「他跟我說,地圖也許是一個很好的
辦法」。(彭小妍、陳燁,2007:90)後來,又從黃天橫先生那裡
得到一張職業分布圖,「有了這張地圖,我的主角人物走過了這些
道路,他看到了什麼商店,對我複製小說時空背景是很重要的一個
幫助。」(彭小妍、陳燁,2007:90-91)另外,陳燁也採世界地圖
鳥瞰式寫法,在同一時間的空間觀照,也就是說,某時間,某人在
臺灣,做某事,而這時,地球某處正在發生何事。比方《有影》裡
的一段文字:「剛出現市面的電風扇搖著頭,吹拂他們吃吃喝喝的
這個盛夏時節,蘇聯支持的金日成和美國支持的李承晚,正在北緯
38度的板門店簽下協定,韓戰結束,南北韓正式分裂。美國在太平

洋西岸築起了一道長長的、含臺灣的反共防線。」（陳燁，2007：
62-63）這樣的例子在《玫瑰船長》裡非常多，是否她將來繼續運
用擴大這種寫法，現在不得而知。然而，就整個故事來看，陳燁寫
塵埃草芥般的臺灣人，他從某地出發，到達某地，然後還原到某
地，在以臺灣為原點的地圖上繞來繞去，卻竟然終其一生都在找尋
（找不到）自己的家。

反派人物林炳家

前文中提到彭瑞金早在八〇年代論陳燁就提出：「移民社會
生存至上、現實人倫教條其次的優先原則」，（彭瑞金，1988：
102）這在陳燁的臺灣演義中的確如此。臺灣本是移民社會，到底
誰是臺灣人呢？都是移民，只有先來後到，沒有本質上的差別，因
此是否沒有真正的「臺灣人」？臺灣人的特質又如何定義？[2]應該

---

[2] 葉石濤的文章〈詠歎調十五闋〉裡有「臺灣人」這一則，他這樣寫：「臺
灣人屬於閩越，身體裡流著百越民族的血。百越民族是善於航海的貿易民
族，古代在中原建立了『商』朝。可見臺灣人是擅於做買賣的種族。近代
臺灣，始終在經濟上獲得出類拔萃的成就，在文化的建立上幾乎交了白
卷，這可能和族性有關。臺灣文學始終無法茁壯繁榮，這原因也許和族
性有關吧？」見葉石濤，《展望臺灣文學》（臺北：九歌，1994），頁

這樣說，不是「沒有真正的臺灣人」，而是「絕對有真正的臺灣
人」，而且「絕對有不是臺灣人的臺灣在地人」。臺灣人特質就是
開疆拓土的海盜血液。敢於離鄉背井去他鄉討生活的人，本身必須
具備某種程度的海盜精神。這種海盜精神正面時是大商人、建立大
財團大世家；負面時就是大流氓、好勇鬥狠、粗魯蠻橫的黑社會人
物。這種反骨無論臺灣成為殖民地，或受到極權統治，都未曾全然
消失，時時等待契機冒出頭來。陳燁正巧寫出了家族裏的「剽悍」
的邊緣價值。（彭小妍、陳燁，2007：83）她說：「我家裡，我的
兄弟們，都反社會，他們都不是社會的主流，不被收編。我們的血
緣裏頭似乎都存在著一種強大的、旺盛的叛逆的力量，我只是幸運
的那一個，因為讀書，因為我找到了方法，把它轉換成文學」。
（彭小妍、陳燁，2007：106）

　　1991年出版的《燃燒的天》，陳燁在後記中有這樣的話：

240。陳燁在接受邱貴芬的訪談中談到臺灣人，她這樣說：「我只能這樣
講，因為我很忠實於書寫我自己，不管如何，我都不能否認我在這塊島嶼
出生，也不能否認我是臺灣人，我不管如何書寫，它都具有臺灣的特色，
例如：商人掠奪的個性，沒有文化的遠見，這些都是很重要的質素。」見
邱貴芬，《（不）同國女人聒噪——訪談當代臺灣女作家》（臺北：元尊
文化，1998），頁167。

我為什麼要寫作？每夜，我在壓著梵谷〈The Starry Night〉
的玻璃墊上苦苦思索。名聲、金錢、榮譽或愛，都是很好
的動機；社會改革、民族使命，也是很動人的目標；奇怪
的是，這些理由並沒有給我寫作的燃力。那還是不得不然
的宿命？我凝望著那個陷溺在綠格稿紙中的「榮哥」，他
正夾在光明與黑暗、酷冷與暴熱的廝殺地帶——嘿嘿嘿，
我突然感到一陣痙攣的快樂；彷彿君臨整個王國，剎那
間，糾纏我多年的童年成長的夢魘，不可解的、神秘的家
族命運，通通離開了，心界竟是從未有過的澄明。

（陳燁，1991：237）

「陳燁說，快樂是心靈剎那間的澄明。」（江寶釵，1989：
121）寫此人物使她豁然開朗，而「榮哥」，正是亂倫、性與暴力
的反派人物。此剽悍的生命情調自有一種自我放棄的潑灑，一切
無章無倫，它的美就是自我毀滅。陳燁寫出這一個反派人物的面
目，誇張的社會邊緣敗家子，她的誠實令人驚嘆。她一點也不美化
「臺灣人」，她不為大河小說錦上添花，卻寫出她認為真正「好
看精采」的臺灣人大戲。說來陳燁的創作確實有她精心設計的媚俗
性，媚臺灣讀者觀眾。她為進軍世界而寫臺灣，她推出的卻是正宗
土產，絕對臺味的臺灣人故事，而非加了洋味、中國味的假臺灣

貨。她不寫女作家三毛以來，臺灣女性流浪世界的小說、不寫本土
作家鍾肇政、李喬等人的臺灣苦難完人抗日紀念碑，她寫誇大版臺
灣人「找不到家」的宿命，臺灣這個移民島嶼上弱肉強食、優勝劣
敗的生存競爭。臺灣從來就是一塊必爭之地，誰快誰狠誰先得，她
本身也不斷找尋最強悍的外來者，付予她新的血輪，永恆混血壯大
自己。臺灣人的家不在土地，而在血液中。臺灣的本質就是永恆海
盜，乘風破浪的阿沙力性格，她和中國大陸的黃土高原強大土地性
格，是截然不同的。

　　陳燁的臺灣演義中，《有影》和《玫瑰船長》的核心價值絕非
「萬途歸一」、「葉落歸根」，正相反，它是個個擊破的零散、不
成篇章，而且以此為樂。所有的人倫在此崩盤，所有的終極價值在
此缺席，它逼你面對臺灣舊世家的腐敗、臺灣人面對外來勢力的徹
底無能、臺灣人流落他鄉、隨波逐流、塵埃草芥般的生存狀態。林
炳家是一個荒誕的反英雄，臺灣的民主運動是由一群三教九流組合
而成的亂軍，臺灣人找不到家，是自己家鄉的局外人。臺灣世家是
一個可能有錢有地，卻絕無權力的族群。

　　讓我們來面對林炳家這個人物。2005年陳燁說她之所以改寫
《泥河》，「一個是找到了把小說寫得『好看』的關鍵；另一個是
我必須要透過文學寫作，跟我父親達成一種和解。如果不跟他達成
和解，沒有原諒他，事實上我就一輩子沒有原諒我自己，我覺得這

樣的人生實在過的太苦了。」（彭小妍、陳燁，2007：76）陳燁的
父親出現在自傳小說《半臉女兒》中，同時也就是整個「封印赤
城」系列的男主角林炳家。他是一個什麼樣的人呢？陳燁不斷回到
這個愛恨交織、無法切斷的血緣關係，縱觀她從《半臉女兒》裏，
直接寫「我的父親」的家庭恩怨情緒喧洩，到《有影》，以旁觀者
拉遠距離，為佃農女兒之子的林炳家作傳，再到《玫瑰船長》，
流浪無家的林柄家，碰巧走入其他同樣塵埃草芥般的臺灣人生存
鎖鏈，成為一個輕鬆的旁觀者，這才使人恍然大悟，陳燁是這樣愛
她的父親。她要知道為什麼一個人會「變成」這麼壞，她把一切攤
開檢視之後，回到一個原始主題，那就是一男一女誕育兒女，不足
以使他們成為父母，人間最大悲哀無過於強加的所謂孝道。罪孽誕
育罪孽，出生不幸的男人無法成為正常家庭的父親角色，陳燁寫出
林炳家最深的痛，「父親一生下來靈魂就是淤青的」，（陳燁，
2001：205）他是地主強暴佃農女兒的產物，正如陳燁自己一出生
就印刻顏面瘀傷，如此，她完成與父親的「和解」。寫作，是自我
治療的方法，靈魂淨化的過程。

　　陳燁《半臉女兒》裏，寫「我的父親」，「我的父親實在值得
用長篇小說來描述，他行事風格之詭異荒誕，無人能出其右。」
（陳燁，2001：52）「當然跟父親談『良心』就好像跟強盜談『道
德』是一樣荒謬的事。在我們的心目中，他甚至比不上羊隻對這個

零落的家的貢獻。」（陳燁，2001：69）「父親一生吃香喝辣，金
山銀山打滾，完全不事生產，他的聰明才智幾乎全用來變賣祖產；
到了後來，因著床頭金盡被歡場女人趕出來，如何找到我們『半閣
樓屋』的租處，死纏活賴地住進家來，也是一流本事。」（陳燁，
2001：100）令人深思的一段話：

　　我不知道父親在瀕死時有沒有悔意？有沒有想過他七
十年來對陳家及我和母親的傷害？但是有個女人會為他哭
得不顧生死，儘管他身上裝著人工肛門袋，體內有顆大的
惡性腫瘤，他毋寧還是死得非常幸福的。

　　很多時候我非常納悶，他對於女人到底有多少套法
寶？他一生玩過的女人不計其數，娶了個最美麗的女人擱
在家裡，照樣出去花天色地，直到陳家的土地、房子，一
塊塊、一棟棟都摧毀在銷香窟裡。

　　而我，身上又遺傳了多少父親的基因？我能不能從他
的一生，找到我自己的真正影子？或者說，我有沒有機會
能夠遇見少年的他，那個還沒有花天色地的他，跟他談
談，到底他生命是否有重大缺憾？做為一個被強暴的佃農
女的兒子，能幸運地過繼到大房當螟蛉子，他還有什麼不
滿？為他的佃農母親向地主陳家復仇嗎？我多麼希望能有

機會跟他對談，為什麼他的身上會有那麼多仇恨，以至於
無論細腳阿嬤多麼疼愛他，都無法阻止他一步步摧毀陳氏
家族！

父親一生下來靈魂就是淤青的！

也就是說，我的靈魂有一半也是淤青的，我該如何來
消弭這一半的毀滅性格？

（陳燁，2001：205）

陳燁《有影》裏寫林炳家，「這種枉屈是誰起頭？阿家的生身
阿娘被阿母家族活活逼死。一直躲藏在列祖列宗神主牌位最陰角落
的，那一長方木片已經褐點斑斑。在阿家的生命神秘消失了五個月
後，出現在他腦海中，家的最後畫面，是他攀在紅檜神桌前的拜墊
上，『丁秋女』三個字，三把利刃刺進他的心臟、肚臍、陽具，痛
得他血液暴漲腦門，唯有以痛制痛。」（陳燁，2007：17）「當時
他傾翻的目光瞥見黃漬壁上張貼白扎扎的《違警罰法》：『一‧
禁止紋身。二‧禁止賭博』；第二隻腳更猛狠踹來時，他還看到
『三‧禁止蓄長髮』⋯⋯湯圓撐脹著他腹肚，去傷解鬱該如何──
幹！什麼違警罰法，禁止紋身嗎？幹恁娘！我的身體我做主，誰都
不能管我啥小。他決定找師傅刺青，而且要更大更猛更紅艷的。」
（陳燁，2007：26）

　　林炳家是一個瘀青的靈魂，他對生父林德旺強暴佃農女兒而生下了他，絕對無法原諒，甚且只有仇恨。「……第一次他感覺不到長久困擾的、肚臍底下的灼燒。他沒有輕易接受上帝，哼。那時盤尼西林還有效，他也按時前往性病防治所拿藥。而且他不需要請求誰寬恕過錯，他沒有過錯；有過錯的是林德旺林王金，當然最大罪魁禍首是安海港郊商林進陞——那人不配做他阿公。」（陳燁，2007：170）他一生摯愛的唯一親人就是生母丁秋女，我們看到他時時在痛苦受欺的時候，回到母親冤死的深深水域，好像企盼回到原初的母體。「溫溫的水粥，一口口灌入胃囊。暖渥的小河淌淌，安撫不了他的痛。啊，是那隻靈幻白鳥嗎？無垠荒原，幽幽飛來。阿娘，我心肝痛，無法喘氣；啊，阿娘，帶我，去冰涼無知覺的世界。好，帶你，要跟緊。他漂浮起來，黏貼到天花板那灘褐漬，被吸融進去，褐漬漣漪般不斷擴大。底下是滾滾硫酸海。」（陳燁，2007：128-129）「蓬蓬的鳳凰花掩翳著他。**哼，你去跟我阿娘好好會這筆帳吧**。熱氣蒸騰，四野一片白紛紛。他冷眼望著不遠處一堆白衣孝人，心頭憂傷起來：**阿娘，當初是誰送妳落土？族譜沒妳名，墓牌也無，他們林家欠妳一個公道啊。**」（陳燁，2007：204；黑體字原文就如此）而林炳家與女人的關係，也每每建立在一種母子亂倫的刻意錯亂上。為母親報仇，林炳家徹底毀棄父系血緣，而且貫徹始終的要敗掉父家。就他認同被欺侮的弱勢佃農女兒

這一點來看，他竟然是一個打倒臺灣舊式腐敗世家的勇士。「**什麼孽子？我替阿娘報冤仇，可憐她一個好好的青春少女，給怹林家害害死，我才是孝子咧！他們吼不休：赫赫，孽子！赫赫，孽子！麥擱喊啦。我若沒講，怹攏總不知，要散盡林家混亂數代的財產，救濟像我阿娘那般的女眾，有多辛苦！怹知影無？**」（陳燁，2007：274）

　　林炳家為母親報了仇，卻重蹈自己生父的過錯，他在無法和女神般的妻子正常人倫之餘，選擇和另一個不給他壓力的女人蘭花交媾，因而生下了一個他後來才知道有的私生子「家有」。此子和他一樣，怨恨生身父母。林炳家對兒子解釋當初如何很「自然」的和一個女人交媾，而有了他，並不是犯罪，就好像在替他自己的生父解釋，他當初強暴佃農女兒的經過。「**那一刻絕對不是我的責任，也不是你阿母的責任，事情就是自然發生了。**」（陳燁，2007：210）縱然林炳家在夢中被自己的兒子用拐杖直刺心臟而死，（陳燁，2007：256-257）他其實也在此過程中達到了和他自己生父林德望的和解。

　　《半臉女兒》裏，父親罕見的正面形象：「父親在進行這個木工工程時，沉默寡言，講究著每一個接榫的細節，拿著鉋刀，反覆地刨著木頭的專注神情，實在大開我的眼界，原來他也有正面形象──只不過我萬萬沒想到，那竟是我今生回憶父親時唯一的好

印象。」（陳燁，2001：101）《有影》裏，林炳家的另一形象：
「勝男撫著腰椎，拉過一張高椅凳，靠近坐著。看阿家慢條斯里解
開紅線的綑結，彷彿在拆價值連城的藝術品；那雙手的尾指微微翹
起，拇指和食指搓撚著紅線，完全不著痕跡。勝男看到傻眼，眼前
這個好像拿細針刺繡的阿家，跟他所熟悉的那個滿嘴咒幹、粗鄙蠻
橫的阿舍少爺，無論如何都對不起來。」（陳燁，2007：86）

　　這樣的一位父親，1997年施寄青、陳燁的《玩命與革命》中陳
燁〈世家之女〉一文中，她這樣敘述：

　　　　一九八〇年的嚴殺冬夜，我們最後一次會面時，他仍
　　然語重心長的，以看來極認真的表情說：「女兒啊，橫豎
　　我們陳家財產傳子不傳女，我幫妳把家業花光，一來免得
　　讓妳那些堂兄為爭家產而害妳；二來錢財使人墮落頹廢，
　　我這也是挽救妳，讓你不得不學會自立自強——」他非但
　　不為自己的荒淫行徑懺悔，看我氣憤得發抖的模樣，反倒
　　一臉祥和。

　　　　「女兒，妳實在用不著責怪我，因為妳童年的不幸是
　　天注定的，我也無能為力。而且，很多事情不是妳表面看
　　到的那樣，妳以為我把妳繼承的財產花光嗎？事實上，妳
　　命中注定無祖產之祿，因為我的人生任務是負責散盡家

產;這也是算命仙說的,一切都是命!」至今,我猶然記
得,纏綿病榻卻帶著調侃人間世的微笑的父親,他那對陳
氏家族所慣有的輕忽眼神。

我常在想:親生的佃農祖母顯然精通如何對地主世家
詛下惡咒吧?據算命仙說:我生來帶著一把「劍」。

（陳燁,1997:90）

塵埃一般的臺灣人

《有影》的林炳家是這樣終結的:「陷入太虛之前,他的魂
魄,始終無法回到真正的家。」（陳燁,2007:288）如此,林炳
家魂遊,或是起死還生,遊歷到高雄旗津,「碰巧走入」一個家族
的紛亂故事,這就是《玫瑰船長》的開始。陳燁在此「封印赤城」
系列家族小說《玫瑰船長》中,寫得醒目的,是臺灣人在中國內戰
和中日戰爭中,歷來「沒有身分的中間人」的尷尬處境。

林炳家被誤認為失蹤多年的討海人陳水龍,由此引出原住民姑
娘机艾雅嫁河洛人陳水龍,這對夫妻,和陳水龍的父母陳金虎和
郭晚那一代人的故事。陳金虎被日本殖民政府徵召去中國戰場當
軍伕:

　　昭和十二年，水龍十歲，七月收音機廣播發生「支那事變」，從一座蘆溝橋開始。然後，天皇下赦令「膺懲暴支」。十一月底，兵單送到陳金虎家。天皇徵召他為大日本帝國效命，擔任軍伕，即刻前往臺南火車站後方第二連隊報到。

　　他們全家還來不及哭成一團，陳金虎已經上了夜行火車，來到第二連隊本部，獃立在幾棵大榕樹間（那裡現今變做成大的光復校區），看著紛紛報到的四、五百人，個個表情呆滯。

（陳燁，2007a：65）

　　臺灣軍伕在中國戰場的處境：「山地番講一口濃膩的廈門腔：『我們臺灣兵是軍伕，不打仗，負責搬運槍枝砲彈和糧食，屬於後勤單位。我猜，你一定沒聽長官訓話的內容。』」（陳燁，2007a：67）「『你忘了我們是皇軍？清理支那兵做什麼。支那兵就讓他們腐爛吧，反正這是他們的土地。』」（陳燁，2007a：69）「『……四十多年前，我們還是支那的一個省呢。唉，打來打去，都不是我們願意的，支那人應該會理解吧？』」（陳燁，2007a：84）

　　陳水龍在1947年228時，駕金虎號漁船，偷渡參加二七部隊，

對抗國民黨21師的林炳國和黃媽典去廈門，卻遭叛變駕駛回中國的
國民黨軍艦炸沉，他自己被挾持開軍艦去中國，莫名其妙的成了人
民解放軍。他生活在中國大陸大半輩子，和沒人敢娶的地主女兒黑
五類結了婚，「她做我愛人都三十五歲了；第一個男孩在勞改隊出
生的，回到上海，又生了個男孩。大兒子二十七，今年初當了爸
爸；小兒子二十一，還在讀上海醫藥大學，要繼承他媽媽的志願。
一家六口住在長寧路巷弄裡的二樓的一個單位。我這個七十歲的爺
爺溜出來，孫子還等我買什麼『Totoro』玩具回去呢。」（陳燁，
2007a：219）就這樣，陳水龍成了菲律賓華僑Joseph L. Chen約瑟‧
陳，回到家鄉臺灣，只為了看一看自己原住民妻子艾雅，然後就又
回到他的中國大陸居住地，和他那邊的家人團圓。

　　故事的另一條線索是原住民的故事。達齊司‧馬洪是參與霧社
事件的賽德克族戰士巴滋歐‧魯道的兒子。他和陳金虎一起在中國
戰場當軍伕，被中國軍人誤認為是日軍，射了3顆子彈。他繼續對
抗，完成原住民獵人頭的戰士儀式，用對方鮮血鯨面。燒焦烏木
是艾雅親族，卻跟陳金虎和陳水龍父子如家人般親密，1947年金
虎號漁船護送228政治犯去廈門途中，船被炸沉，燒焦烏木落水，
被國民黨軍艦士官長山東人魯連春救起，魯士官長教他這樣報告
長官：

「你就這樣說:『我是臺灣人,小時候被日本統治,做次等賤民,受盡欺負;一心嚮往祖國,光復後,一直想加入國軍,因為年紀不足,也不知如何參加;現在滿十八歲,跟補魚船出海,船被炸了,碰巧被魯士官長救起,感謝國軍,希望能有機會加入國軍,為祖國效命。』來,跟我反覆練習講,等下你才不會在長官面前說錯話,丟了小命。」

(陳燁,2007a:151)

　　如此,燒焦烏木變成國民黨海軍,「那段當兵遭遇,烏木費盡了心力,卻一直無法遺忘。偏偏記憶融入他肉身,成為血液分子,川流不息;而且還強力黏住他的靈,汙染了靈的潔淨。污靈是無法得到祖靈祝福的。烏木將無法靈魂不滅,無法永遠陪伴他心愛的親友山川。並且在他肉身死後,這污靈也無法通過河上的竹窄橋,到達那飄揚著五彩旗幟的天頂,歸返祖靈的故鄉。難道他就要這樣跌入污穢的冥河,變成遊魂,永遠受痛苦的煎熬,直到徹底毀滅嗎?**我好不甘心啊!**烏木經常從夢中尖叫驚醒。」(陳燁,2007a:164;本書引文,黑體字和楷體字都是原文就如此)烏木逃離軍隊,成了上海灘一名搬運工人,經歷漂泊流浪、混跡中國內戰的亂世,他隨口把一名軍醫的名字張秋良,借用為自己的名字。烏木在

上海灘受到魏老闆器重，交代他去買太平輪船票，準備逃往臺灣：「烏木喝著那杯深褐色茶水。其實也不到一杯，味道澀苦，還摻混了魏老闆口沫，一種油膩的肉臊氣，在他的空虛胃囊亂竄。**唉，一杯水。烏木跟自己說：到底是誰把你搞成這麼狼狽的？你活著還不如那隻八哥鳥，烏木也當不成烏木，變做張秋良了……算啦，張秋良又如何？只是個叫名罷了……**」（陳燁，2007a：172）烏木混上太平輪，「然而，誰都沒料到（包括有祖靈守護的烏木）：過不到8個小時，這艘閉燈夜航的『太平號』，從東經122度、北緯30度25分的海面經過時，船舷竟撞入了『建元號』貨輪的腰部。」（陳燁，2007a：191）燒焦烏木大難不死，成為此船難中少數生還者之一。烏木上岸後的際遇：

> 「好了，你去後勤那裡領套軍服和配備吧，這是你的軍人身分補給證，要放在胸前口袋，以備隨時檢查，懂嗎？」
> 我一看那補給證，寫著「張秋良」、「籍貫上海」、「民國二十年八月十五日生」。領到軍服，上有青天白日徽章，心想：感謝祖靈保佑，我又回到國軍陣營，儘管由海軍變成陸軍。
>
> （陳燁，2007a：279）

　　臺灣原住民燒焦烏木在中國大陸莫名其妙變成的身分，使得他回到自己的家鄉卻無法成家，「第22條軍規」的影子呼之欲出。烏木和陳水龍（林炳家冒充）的對話：

　　　「就是這張軍人身分補給證害的。我是低階士兵，回到臺灣後，從一等兵升為下士，但還是無法申請身分證，除非我在軍營之外有家庭，沒有身分證就不能結婚。那時候隨時要反攻大陸，根據我的軍人身分補給證，我是上海人，在臺灣沒有家庭。」

　　　「不懂。」

　　　「反正我變成上海人，是現役軍人的低階士兵，不能結婚，就沒有家庭，也就不能領取身分證。民國四十五年十月，戰士授田證開始發放，我領到的還是登記『張秋良』的戰士授田證。到民國七十八年退役，我拿軍人身分補給證，去換發身分証時，貼著我照片的身分證依然是『張秋良』，籍貫『上海』。七十九年發放戰士授田證津貼，領津貼的也是『張秋良』。懂了嗎？自從當年我在黃浦灘被誤以為是『張秋良』後，我這一生都是『張秋良』了。」

　　　「那也不應該影響你跟白絲結婚吧？」我真是滿頭雲

霧;分明是個馬卡道族男人,卻變作上海人。

　　「你沒聽懂呀?低階士兵不能結婚。你忘記我們年輕時期,反共抗俄,反攻大陸等那些宣傳,還有動員戡亂時期戒嚴法,我再怎麼努力奮鬥,就是讓『張秋良』升到一等士官長而已。白絲怎麼可能嫁給上海來的軍人?我打聽到她的消息時,她已經嫁到屏東去,是三個孩子的母親。」

　　「哦……」

　　　　　　　　　　　　　　　　　　　　(陳燁,2007a:282-283)

　　在這裡,陳燁寫臺南府城家族小說的強烈企圖開始顯現。毫無疑問,她的寫作版圖擴張了,而她的關懷觸角越過原先的家族恩怨情仇,變成整個臺灣,在中日戰爭中、國共內戰中,永世不得安寧和永世沒有自己身分的宿命悲哀。他如同一片葉,隨風向飄到那裡就是那裡,隨地生滅,毫無自我選擇的權利。沒有任何人注意他,遑論護衛他,他是塵埃,沒有名也沒有家。他的荒誕不在中國亂世中的草民生滅,因為那是大時代所有人的共同命運,他的荒誕在於他在自己的土地上卻永恆沒有自主的權利,他打別人的仗、運別人的軍糧、在別人的偉大革命戰爭中是無名小卒,幸運的活了下來,卻永遠冒他人之名;不幸的,成為塵埃草芥,甚至砲灰。

陳燁現象

　　陳燁可說是一個現象。截至目前為止，她的寫作融合了臺灣上個世紀末以至現今的多種流行文化，包括解嚴後興盛的強大自我臺灣史觀念、下流有餘解放不足的情慾書寫，和解構、後現代、後殖民等各種文化研究顯學交雜混合的文字遊戲。陳燁的寫作正體現了臺灣這個沒有自主性的島嶼，歷來承接一切外來入侵的本質。她原本巧合的以臺灣228女性代言人突起，但她擬出的臺灣演義，是商賈家族內部的爭財無倫，和殖民臺灣最標準的黑社會英雄。所謂「愛臺灣」的意識形態書寫在此崩盤，臺灣不是無邪的太初伊甸園，永恆高唱受害悲情的天使。陳燁的臺灣家族演義，故事更加精采奇情、文字更加庶民粗俗，它是虛擬的臺灣版馬奎斯魔幻現實主義《百年孤寂》。

　　充滿仇恨如林炳家般的父親，和精神外遇如城真華般的美麗母親，加上出生不同常人的面孔，造就的是上天下地無所畏懼的強悍靈魂。這時你已無法用「善」或「惡」來評斷他，因為他先天沒有善的權利。如果正常人是溫室花朵，普通人是園中小草，他是生在地獄的輕賤浮生，他依順血緣，就一起沉淪，成就愚孝。他想改變命運，就必須切割，徹底推翻人倫，經由斷裂得到重生。「就像希

臘悲劇,穿越過人類的血罪,才能得到最終的乾淨與潔白。」(陳
燁,2001:222)陳燁作為一位中生代女作家,她的人生視野是駭
人的。她寫出罪惡誕育的殘缺嬰孩來示現人類生存的惡質,人倫的
痛苦鎖鏈。陳燁無疑是不凡的。她的強悍寫作噴泉已遠遠超越她出
生所具有的仇恨,報復了自己的不公命運。陳燁為自我療傷而寫
作,《半臉女兒》與母親和解,《有影》與父親和解。正因此,在
她自己走出了心靈的妖怪城堡,右半邊小臉症整型完好之後,她的
2007年《玫瑰船長》才真正開始把臺灣這條大船駛向外海,讓它介
入家族以外的臺灣人故事。而此故事以刻意散亂輕鬆的筆調,寫出
了臺灣人世界孤兒的本質,228之後的兩年間,臺灣人介入國共內
戰的荒謬際遇。我們看到陳燁的「臺灣人在世界」故事,這才真正
開始。

　　陳燁在《半臉女兒》中,寫自己考大學聯考時,第一志願本來
要填臺大政治系。她這樣解釋為何想學政治:「我的野心其實非常
大,想要像武則天、俄國的凱薩琳大帝(雖然我沒有她們的美麗,
但我認為她們是憑著智慧才能統治國家的)一樣,統治整個國家,
到時看誰敢再嘲笑我的『異相』——在一些傳說神話中,長相殊異
的人都賦有特殊的使命,是上天派來改變人類命運的人。」(陳
燁,2001:176)陳燁沒有填臺大政治系,卻在她的文學創作中
一直寫政治。她相信自己賦有特殊使命,改變命運,讀者也同樣

期待。[3]

*本篇縮簡版收在〈讀陳燁的臺灣家族演義〉。《文訊》311（2011年9月）：38-42。

引用書目

陳　燁，1989。《泥河》。臺北：自立晚報文化出版部。

＿＿＿＿，1991。《燃燒的天》。臺北：遠流出版事業公司。

＿＿＿＿，2001。《半臉女兒》。臺北：平安文化有限公司。

＿＿＿＿，2002。〈改版自序 尋索人間歷史的真相〉。陳燁。《烈愛真
　　華》。臺北：聯經。頁4-8。

＿＿＿＿，2002a。《古都之春：陳燁自選集》。臺南市：臺南市立圖書館。

＿＿＿＿，2002b。〈自序：春陽燦美——府城女兒的真情告白〉。陳燁。
　　《古都之春：陳燁自選集》。臺南市：臺南市立圖書館。（無頁數）

＿＿＿＿，2006。《姑娘小夜夜》。臺北：麥田出版。

＿＿＿＿，2007。《有影》。臺北：遠景出版。

＿＿＿＿，2007a。《玫瑰船長》：The Authentic Impostor。臺北：遠景出版。

施寄青、陳燁，1997。《玩命與革命》。臺北：張老師。

＿＿＿＿，2001。〈現身說法〉（推薦序）。陳燁。《半臉女兒》。臺北：
　　平安文化有限公司。頁5-9。

---

[3]　陳燁2012年1月2日因憂鬱症自殺身亡，震驚文壇。

邱貴芬，1997。《仲介臺灣‧女人：後殖民女性觀點的臺灣閱讀》。臺
　　北：元尊文化。

————，1998。《（不）同國女人聒噪——訪談當代臺灣女作家》。臺
　　北：元尊文化。

江寶釵，1989。〈充滿行動張力的沙河之流——陳燁印象〉。《文訊》
　　（1989年2月）：120-122。

施淑，1989。〈瞭望彼岸——評陳燁的《飛天》、《藍色多瑙河》〉。
　　《聯合文學》5卷6期（1989年4月）：196-197。

葉石濤，1991。〔代序〕〈談陳燁的《泥河》到《燃燒的天》〉。陳燁。
　　《燃燒的天》。臺北：遠流出版事業公司。頁5-10。原載《聯合文
　　學》7卷7期（1991年5月）：168-169。

劉亮雅，2002。〈九〇年代女性創傷記憶小說中的重新記憶政治：以陳燁
　　《泥河》、李昂《迷園》與朱天文《古都》為例〉。《中外文學》31
　　卷6期（2002年11月）：133-157。

陳芳明，2002。〈寫在陳燁《烈愛真華》之前 生命的繁華與浮華〉。陳
　　燁。《烈愛真華》。臺北：聯經。頁1-3。

彭瑞金，1988。〈從「飛天」讀不到的陳燁〉。《文訊》（1988年12
　　月）：99-102。

東年，1989。〈一個書名兩種副標題意的曖昧——評陳燁的《泥河》〉。
　　《聯合文學》5卷8期（1989年6月）：195-198。

彭小妍、陳燁，2007。〈封存古都的美麗與夢幻——國立臺灣文學館 第四
　　季週末文學對談第三場2005年3月19日〉。劉亮雅等作。《想像的壯
　　遊：十場臺灣當代小說的心靈饗宴2》。臺南市：國立臺灣文學館。
　　頁72-107。

張瑞芬，2001。〈青春的美麗與哀愁——張曼娟《青春》、陳燁《半臉
　　女兒》、蔡智恆《檞寄生》三書評論〉。《明道文藝》（2001年12
　　月）：28-37。

新銳文叢33　PG0964

新銳文創 當代華文女作家論
INDEPENDENT & UNIQUE

作　　者	張雪媃
責任編輯	王奕文
圖文排版	陳姿廷
封面設計	王嵩賀

出版策劃	新銳文創
發 行 人	宋政坤
法律顧問	毛國樑　律師
製作發行	秀威資訊科技股份有限公司
	114 臺北市內湖區瑞光路76巷65號1樓
	電話：+886-2-2796-3638　傳真：+886-2-2796-1377
	服務信箱：service@showwe.com.tw
	http://www.showwe.com.tw
郵政劃撥	19563868　戶名：秀威資訊科技股份有限公司
展售門市	國家書店【松江門市】
	104 臺北市中山區松江路209號1樓
	電話：+886-2-2518-0207　傳真：+886-2-2518-0778
網路訂購	秀威網路書店：http://www.bodbooks.com.tw
	國家網路書店：http://www.govbooks.com.tw

出版日期	2013年5月　BOD一版
定　　價	320元

國家圖書館出版品預行編目

當代華文女作家論 / 張雪媃著. -- 初版. -- 臺北市：新銳
文創, 2013.05
　　面；　公分
　ISBN　978-986-5915-73-5 (平裝)

1. 中國當代文學　2. 女性文學　3. 文學評論

820.908　　　　　　　　　　　　　102006197

讀者回函卡

感謝您購買本書，為提升服務品質，請填妥以下資料，將讀者回函卡直接寄回或傳真本公司，收到您的寶貴意見後，我們會收藏記錄及檢討，謝謝！如您需要了解本公司最新出版書目、購書優惠或企劃活動，歡迎您上網查詢或下載相關資料：http:// www.showwe.com.tw

您購買的書名：_____

出生日期：_____年_____月_____日

學歷：□高中 (含) 以下　　□大專　　□研究所 (含) 以上

職業：□製造業　□金融業　□資訊業　□軍警　□傳播業　□自由業
　　　□服務業　□公務員　□教職　　□學生　□家管　□其它_____

購書地點：□網路書店　□實體書店　□書展　□郵購　□贈閱　□其他

您從何得知本書的消息？

　　□網路書店　□實體書店　□網路搜尋　□電子報　□書訊　□雜誌
　　□傳播媒體　□親友推薦　□網站推薦　□部落格　□其他_____

您對本書的評價：(請填代號　1.非常滿意　2.滿意　3.尚可　4.再改進)

　　封面設計____　版面編排____　內容____　文／譯筆____　價格____

讀完書後您覺得：

　　□很有收穫　□有收穫　□收穫不多　□沒收穫

對我們的建議：_____

_____

_____

_____

11466
台北市內湖區瑞光路 76 巷 65 號 1 樓
秀威資訊科技股份有限公司 　　收
BOD 數位出版事業部

⋯⋯⋯⋯⋯⋯⋯⋯⋯⋯⋯⋯⋯⋯⋯⋯⋯⋯⋯⋯⋯⋯⋯⋯⋯⋯⋯

（請沿線對折寄回，謝謝！）

姓　　名：_____　年齡：_____　性別：□女　□男

郵遞區號：□□□□□

地　　址：_____

聯絡電話：(日)_____　(夜)_____

E-mail：_____